年轻人

弋舟

——

著

四川人民出版社

图书在版编目（CIP）数据

年轻人 / 弋舟著. —— 成都：四川人民出版社，
2025. 1. —— ISBN 978－7－220－13964－2

Ⅰ. I247. 7

中国国家版本馆 CIP 数据核字第 2024902LQ5 号

NIANQING REN

年轻人

弋　舟　著

责任编辑	唐　婧
责任校对	申婷婷
封面设计	张　科
内文设计	张迪茗
责任印制	祝　健
出版发行	四川人民出版社（成都三色路 238 号）
网　　址	http://www.scpph.com
E-mail	scrmcbs@sina.com
新浪微博	@四川人民出版社
微信公众号	四川人民出版社
发行部业务电话	（028）86361653　86361656
防盗版举报电话	（028）86361653
照　　排	四川胜翔数码印务设计有限公司
印　　刷	成都国图广告印务有限公司
成品尺寸	143mm×210mm
印　　张	8.75
字　　数	140 千
版　　次	2025 年 1 月第 1 版
印　　次	2025 年 1 月第 1 次印刷
书　　号	ISBN 978－7－220－13964－2
定　　价	48.00 元

年 轻 人

目　录
CONTENTS

李选的踟蹰

一

李选闲极无聊，在百度上敲下曾铖的名字。她想，叫这个名字的人不会太多，没准真的就被自己搜出来了。果然，搜索页面的第一页，就冒出来她这个阔别多年的小学同学。曾铖在成都，如今成了画家。这个信息让李选有点儿欣慰，好像曾铖的现状满足了她内心的某种预期。李选隐约觉得，这个曾铖，就该是个有出息的家伙。要不将近三十年了，自己为什么还会想起他呢?小时候的曾铖，在孩子堆里，就是那种风头十足的，显山露水的调皮和显山露水的聪明。李选点了百度的"图片"选项，如今的曾铖和他的画儿，出现在了显示器上。画儿是油画，李选看不出好坏;但通过照片，她看出来了——这个显示器上的"曾铖"，的确就是她要搜索的那个曾铖。这个曾铖，当然不是儿童时期的曾铖了，在显示器上挂着一丝中年男人玩味着什么的笑，但定睛看，眉眼还是小时候的模样。

曾铖做了画家，人在成都。后来在一次初中同学的聚会中，李选把这个信息告诉了雷铎。雷铎和曾铖上小学时是最好的朋友，小学毕业后上了不同的中学，从此就没了音讯。初中同学聚会，一开始很热闹，但热闹之余，也有些不尴不尬。毕竟，如今每个人的境遇千差万别，再也不复当年，大家完全是平等的。所以三三两两，在大的气氛下，又划出了一些小团体，各自找各自不感到别扭的人说话。李选和雷铎从小学起就是同学，这一点似乎成了两人互相"不感到别扭"的理由。在饭桌上两人挨着坐，雷铎随口问李选知不知道曾铖的下落。李选说知道——曾铖现在是一个画家，住在成都。

过去了一段日子，有天夜里雷铎给李选打电话，高兴地说他联系上曾铖了，刚刚才跟曾铖通了电话。李选把儿子哄睡着没多久，正有些困，听了这话一下子也有些兴奋。雷铎告诉李选，他是通过网络找到曾铖的——在一家艺术网站，他查到了曾铖的 QQ 号。为了获取这个有价值的信息，他不厌其烦，在那家网站注册了会员，因为不如此，他就无法查看曾铖的资料。

"我在QQ上加他，没想到这小子立刻有了回音——用了不到三秒钟！"雷铎兴冲冲地说，"我们马上通了电话！真不容易，都快三十年了！怎么样，咱们上成都看曾铖去？今晚还有到成都的飞机没？"

李选看了下表，夜里十一点多了。"你神经吧？这么晚了。干吗问我还有没有飞机？"

雷铎说："你不是在卖机票吗？上次聚会，你还叮咛我以后要买机票就找你。"

李选说："我说过吗？"

雷铎肯定地说："你说过！"

李选定定神说："哦，那可能真是说过。不过我现在不卖机票了。"

雷铎说："咦，你这人怎么朝三暮四的？"

李选怕他继续纠缠这个话题，说："怎么样，曾铖现在还好吧？"

好在雷铎的思维很跳跃，立刻又跟她说起曾铖来："看来还不错，在大学任教，联系之前我做足了功课，在网上搜遍了跟他有关的信息。这小子如今貌似有些名气了，画儿好像也能卖上些价钱。"

李选问："那他还能记得咱们这些小学同学吗？"

雷铎说："当然。"

李选说："当然，他当然记得你，你俩当年形影不离的，其他人就未必了。你跟他提我了没？"

雷铎说："提了，把你QQ号也告诉他了。"

李选说："他记得我不？"

雷铎如实说："他说不记得了——但是好好想想，没准就想起来了。"

李选有点儿失望。这感觉是很勉强。毕竟，大家分开快三十年了，曾铖不记得她，是完全可以理解的。但是她却记得曾铖。这就不公平了，让李选的自尊心有些受伤害。和雷铎通完电话，李选困意全消。本来她已经准备睡下了，这时候干脆又起来打开电脑。上了QQ，果然有申请加她好友的提示。曾铖在申请中言简意赅地敲着"老同学"三个字。李选通过了他的申请，刚刚加上，曾铖就给她发过来一个表示拥抱的图片。两个人通过网络聊起来。

李选说："曾铖你不记得我了。"

曾铖说："是有些模糊。不过呢，我刚刚进了你的空间，看到你照片了，仔细瞅瞅，就想起来了。"

李选说："骗人吧？过去这么多年了，你能看张照片就想起小时候的同学？"

曾铖说："如果事先不知道这是我小学同学，估计就想不起了。但是带着这个想法去辨认，还是能够认出来的。怎么说呢？记忆一下子就被唤醒了。何况，雷铎在电话里跟我说，你是咱们同学中变化最小的。"

李选说："那你被唤醒什么了？"

曾铖说："我记得是有这么个女生，黑黑的……"

李选说："讨厌！"

曾铖说："所以看了你现在的照片，我就很惊讶，这么一个漂亮女人，怎么在我记忆里居然没扎下根？"

李选说："当然扎不下根，黑黑的嘛。"

曾铖说："就是这个反差，让我都有些怀疑自己的记忆了。你现在显然不黑呀……"

李选说："那你还敢说看到照片就想起我了？"

曾铖说："这就是奇妙之处，换了个颜色，但反而更像我应该记住的那个女生了。"

李选问："什么叫'应该记住的'？"

曾铖说："这个倒不大说得清楚了，应该算是潜意识吧，莫名其妙，就觉得应该记住这么个人，然后，自己都不察觉，却在某一天突然恍悟——心里面原本有一张这样的底片。"

李选一下子有些无语，觉得曾铖说的这种感觉自己似乎能够体会。

曾铖问："雷锋说是你告诉他我在成都的，你怎么知道的呢？"

李选说："我在网上搜出来的。"

曾铖说："怎么会想起来搜我？"

李选说："心里面原本有一张这样的底片呗。"

曾铖说："不错。可能是到岁数了，大家突然都开始忆旧了。前段时间，李兰也是通过网络把我给找到了。李兰你还记得不？"

李选想了一下，说："记得，大眼睛，白，挺娇小的一个女生。"

曾铖说："对，是她。我们还见着了，她来成都办事儿，顺道聚了一下。"

李选倏忽有些不快，说："怎么样，这张底片还是当年娇小的样子吧？大眼睛，白？"

曾铖似乎在犹豫，过了一会儿才敲出"不好说"三个字。很奇怪，随着这三个字的出现，两人似乎都有些不知该说什么了。突然就有些意兴阑珊。这时候来了条短信，李选看了手机，是张立均发来的，也是只有三个字：睡了没？张立均难得在这个时候发短信过来，下午的时候他对李选说过，晚上要和省上的某位领导吃饭，李选想张立均现在可能是喝多了，于是回复他：正准备睡，已经上床了。你喝多了？结果却没了下文。李选望着电脑上的 QQ 界面，一瞬间茫然起来，心思浩渺，仿佛在进行着一场无比漫长的等待，而且，还要这么无比漫长地等待下去。网络那头的曾铖，这时候也仿佛蒸发在虚拟的世界里了。他的 QQ 头像灰了。李选呆愣着，有几分钟脑子里一片空白。回过些神，她想，张立均干吗发这条短信呢？嘘寒问暖？这不是张立均的风格。他从不会用这种方式来嘘寒问暖，而且，也几乎是不会用任何方式来嘘寒问暖的吧？张立均只是在公司里给李选提供一些优渥的待遇，薪水发得多些，职务升得高些——而这些，对于张立均而言，不过是易如反掌的事，跟"嘘寒问暖"似乎扯不上边儿，没有那种用心的程度。况且，这些优渥的待遇，仍旧需要李选用具体的业绩来兑现。一开始，张立均就把李选纳入了很正当的职场规矩里。这倒也让李选感到心安，心里少了那种"交易"

的感觉。然而实质上，李选明白，自己和张立均之间，铜铜铁铁，就是一种交易的关系。否则，凭什么她的薪水就应当多些，职务就应当高些？是她的能力格外比别人强一些吗？李选有自知之明，她知道，不是。但张立均不去强调这种关系的本质，让她获得了掩耳盗铃式的安慰感。那么，这条深夜发来的短信，什么意思呢？——查岗？这个念头一蹦出来，李选自己都自嘲着笑了。不会的，她对自己说，张立均不会有这个兴致。交往半年多，张立均对于李选的私生活根本没有兴趣，李选作为一个单亲妈妈的所有烦恼和自由，都没有因为张立均而发生变化。甚至，在李选的感觉中，倒是有了这个男人，她的烦恼和自由反而更充分、更牢固了，成了雷打不动的烦恼和自由。烦恼就不用说了，自由呢，是因为张立均强势地存在着，用他的态度表明了——两个人各是各的事儿，我根本不管你做什么，由此，你也务必打消对于我的非分之想。这个结论挺凶狠的，李选一边享受这样的自由，一边消化个中的烦恼。对于张立均，她会有什么非分之想吗？八成是没有的，余下的那两成，是一个女人天性里的东西，也不用认真对待。当半年前被张立均带进酒店的客房时，李选就明白自己跟这个男人之间有多大的落差。这种落差不牵涉贵贱，是一种物理性质的，很客观，好比一个一米八的人相对于一个一米五的人。李选很自尊地想，作为一个人，她并不觉得张立均就比自己优越多少，他不过是个头高一些。张立均的个头体现在他的财富上。而我，李选想，不过是没钱，拉着个四岁的男孩，在年近不惑的时候还要为生存奋斗罢了。认清了这种落差，同时又不因此格外地自我轻视，李选觉得面对张立均时还是挺轻松的，不过是一个女人天性中的那"两成"偶尔会蹦出来作祟一下，让她像所有面对这种状况的女人一样，心生幽暗的踟蹰。这种滋味，真的是不好说。李选在这天夜里，不经意地想着，就在键盘上敲下了：怎么不好说？这个疑问更多是在针对自己。远在成都的曾铖好像已经下线了，显示器上的 QQ 界面在李选眼里像一面可以用来自我审视的镜子。她空洞地凝视着。想不到曾铖的头像突然又闪烁起来，应道，我总不能跟你说人家李兰现在已经面目全非了吧。

　　李选收拢心思，回顾了一下刚才两个人之间的对话，问他："怎么，李兰变化有这么大吗？"

　　曾铖没有回答，发过来一张女人的照片。照片上的女人白皙丰腴，因为有了前面的铺垫，李选一眼认出了这个曾经的女同学。"我觉得还好啊，还有当年的影子，大眼睛，白，就是胖了一些。"

曾铖说："何止'一些'？简直是胖到令人心碎。"

李选说："这么夸张？还令人心碎？就算人家胖了，你心碎什么？"

曾铖说："你想啊，曾经那么轻的一个女生，被岁月弄成了这么重，难道不令人心碎吗？而且，这种分量的改变是跟我们同步的，由此及彼，我们就看到了我们的不堪。"

李选在心里默念着"轻、重"，好像一下子掂量出了某种的确足以令人心碎的分量。"是啊，老了我们。可是你对人家的轻重也太在乎了吧？"

曾铖发过来一个表示"冷汗"的表情，说："我们小时候谈过恋爱呢。"

李选兴奋了，说："真的假的？瞎说吧，那时候才多大？十二三岁吧，咱们毕业那会儿？"

曾铖说："是咱们小学毕业后的事儿。我跟李兰上了同一所中学，但不在一个班。初中毕业那年，她参军走了。走之前，突然有一天跑到我家，跟我说她喜欢我……"

李选说:"哈!说反了吧,不是你跑到李兰家跟人家说你喜欢人家吧?"

曾铖说:"还真不是。我那时候是调皮点儿,但基本没长熟,多少有点儿稀里糊涂的。"

李选说:"想不到,李兰那时候看着挺单纯的。"

曾铖说:"是单纯,而且她这么做,还是因为单纯。多少年后我想明白了,那时候,她不过是因为要离家远行,心里突然多了很多忧愁,这种情绪又没有其他渠道可以排遣,再加上多少还有些懵懂地怀春,就假想了我这么一个对象吧。"

李选说:"那她怎么不去假想别人?"

曾铖说:"不知道。可能我们两家住得近吧。"

李选说:"跟你住得近的女生多了,我跟你住得也不远。"

曾铖说:"所以当年我开门看到李兰时,还想,咦,怎么不是李选?"

李选禁不住笑起来,"去你的,你那时候根本想不起我,我黑呗。后来呢?"

曾铖说:"后来她就当兵走了,好像去了甘肃的张掖，断断续续给我写过几封信，我都没回。再后来，就杳无音信了。"

李选说："你干吗不回人家信？"

曾铖说："那时候我也在自己的憔悴期，浑浑噩噩的，自顾不暇。"

李选问："憔悴期？"

曾铖说："青春期呗，可不就是憔悴期。"

李选突然不想就此说下去了，改口说："找到你雷锋可兴奋了，打电话给我，立刻就要去看你的架势。"

曾铖答："我也挺激动的。当年我俩最好，不是我去他家睡，就是他到我家睡。我也正想怎么找到他呢。这下好了，联系上了，过些天我就回西安看你们。"

李选说："别'你们'，要看你也是看雷锋还有李兰吧，你又不记得我。"

曾铖只好"嘿嘿"，说："总之，西安我是经常回去的。我父母还在西安。"

李选追问一句："联系到我你激动不？"

曾铖说："激动！"

李选问："激动啥？"

曾铖说："雷锋在电话里告诉我，你嫁了个韩国人，出国生活了一段时间，现在离婚了，独自带着个男孩。"

李选一怔，心想这个雷锋怎么什么话都跟人说呢，抱怨道："真是的，他嘴怎么这么大？我这点儿事就让你激动了？"

曾铖答："也不全是为这点儿事。还是高兴，人到这岁数，找到任何小时候的伙伴，都会觉得有点儿山重水复的滋味吧。"

李选说："你别尽'这岁数'，别强调这个，我不想知道我有多老。"

曾铖说："是，你照片上还是风华正茂的样子。"

李选随手敲出"好看不？"这几个字蹦到显示器上，她立刻就有些后悔，好像自己是有些轻浮了。一瞬间，李选想到了自己的前夫。当年，在一次朋友的聚会中他们相识了，而她疯疯癫癫，也是对这个韩国男人冒出了一句同样的话——我好看不？就是这句话，成了那场婚姻的导火索。李选是双鱼座的，据说，这个星座的人外表与骨子里都风骚。李选并不觉得表里如一的风骚有什么不好，但现在她不想让曾铖对她产生这样的感觉。

曾铖回答得好像挺诚恳，他答："好看。真的。"

李选说： "真什么，眼睛没李兰大，皮肤没李兰白。"

曾铖说:"这些都不是我审美的指标,你要相信我的眼光。"

李选说:"对了,忘了你是个画家了。"

其实,按照李选的性情,她多半是会追问:那么,以一个画家的审美,我好看在哪儿?但是她突然有些谴责自己的做派,很正经地继续说:"我不爱把自己的事四处张扬,本来雷铎也不知道我离婚了,是有一个我们的中学同学,跟我关系比较好,我回国后,她张罗着给我介绍男朋友,说雷铎如今算是个富人了,身边的有钱人不少,撺掇着让雷铎给我物色一个。"

曾铖说:"哈,雷铎给你物色上没?"

李选的情绪忽而消沉下去,感到困意又兜头蒙了上来。"都是玩笑,哪儿就真这么指望了。"

曾铖说:"就是,你哪儿用人帮你物色。你现在正是好时候。使君从南来,五马立踟蹰,该是坐等男人上门来追求你。"

李选复制了他的话,问:"使君从南来,五马立踟蹰——什么意思?"

曾铖说:"汉乐府中的诗,意思是说,男人从你家门口过，难掩心痒，徘徊不去。"

李选说："去你的。别掉书袋，我基本上算文盲。你呢，还好？"

曾铖说："跟你差不多吧。"

李选说："离了？"

曾铖说："离了。"

李选在困倦中又是一阵没有来由的欣慰，好像曾铖的"跟你差不多吧"又满足了她内心的某种预期。李选隐约觉得，这个曾铖，就该是个也要离婚的家伙。

李选问："孩子多大了，男孩女孩？"

曾铖说男孩，九岁了，接着他话锋一转，让人看不出是否在开玩笑："你看李选，咱俩鳏寡孤独的，干脆凑一块儿过日子吧？"

李选说："去你的。睡了。"

两人留了彼此的手机号码，互道晚安。关了电脑，李选又去洗了洗脸，她怕电脑的辐射会损害自己的肤色。上床在儿子身边躺下后，想起曾铖最后冒出的那句话，李选不禁失笑。

二

李选把儿子送到幼儿园，来到公司已经十点了。公司是集团刚刚为新业务成立的，她被张立均任命为副总，目前工作还没有全面展开，事情不是很多，所以在这个点走进公司，也没有引起别人太大的关注。李选进了自己的办公室，冲了包速溶咖啡，打开了电脑。

昨晚李选睡得不好，早上起来，第一个念头就是抓起手机给张立均发了条短信：昨晚喝多了？然后她才去洗漱。把自己收拾停当，接着就是招呼儿子起床。李选的儿子叫金皓，很多人都劝她，干脆让儿子随她姓好了，但她觉得这完全没有必要。她觉得，相比反复无常的生活，孩子姓什么根本不算是个问题。保姆已经做好了早餐，儿子一如既往地不好好吃。李选耐着性子用小勺给儿子喂粥，注意力全集中在儿子的嘴上。张立均电话打过来的时候，她一下子有些反应不上来。

张立均说："怎么给我发这种短信？"

李选愣怔着，"这种短信……什么？"

张立均沉默了半晌，说："你没事吧？"

李选有了头绪，说："是你昨晚发短信过来了啊，回过去，又没了下文，所以就担心你是不是喝多了。"

张立均狐疑地问："我昨晚发你短信了？"

李选一惊："怎么？你不记得？"

张立均不作声，许久才说："下午见面说吧。"

说完他就挂机了。李选的手机还贴在脸上，一时间只是呆呆地看着儿子那张嗷嗷待哺的嘴。

电脑启动得有些慢，李选捧着马克杯，将转椅转向了窗外。公司在这栋写字楼的十九层，透过落地玻璃，李选可以看到环城立交桥上川流不息的车流。装在窗子里的外部世界在分秒不停地运转，这个屏幕中一样的画面让人有种戏剧性的徒劳感。办公桌离窗子有七八米的距离，阳光洒在橡木地板上，让这段距离显得分外空旷。李选喝了口咖啡，转回身子，在电脑上敲下"使君从南来，五马立踟蹰"。通过百度搜索，李选读到了那首《陌上桑》。这首诗语言浅近，李选不用费太多心思也差不多看懂了。诗里讲了一则采桑女罗敷拒绝官员引诱的故事。古代女子罗敷明艳高贵，不可方物，引得某位从门前路过的太守上前调戏。"使君自有妇，罗敷自有夫"，有趣的是，罗敷并没有义正词严地去驳斥对方，她用一种近乎兴高采烈的劲头，向引诱者夸耀自己的男人，说自己的男人不但官运亨通、家财万贯，而且肤白髯美，还是个漂亮人物。在李选看来，这更像是一则斗富的故事，罗敷用来抵挡诱惑的本钱，是杜撰出比诱惑者更有说服力的家底。不知为什么，李选觉得这个古代女子将自己的男人说得天花乱坠，完全是一种自我虚构。可这种虚张声势又显得俏皮可爱，远远胜过铿锵的道德说教。李选一边喝咖啡，一边想，如果一个女人，身后有着罗敷所形容出的那个夫君，她还会被这个世界所诱惑吗？当然不，起码被诱惑的概率会大大降低。但是，又有几个女人会摊上这样的夫君呢？罗敷就没有吧，李选想，这个古代女人其实是在自吹自擂，外强中干，用一个海市蜃楼一般的丈夫抵挡汹涌的试探。没准，那位凑上来的太守灰溜溜地一走开，罗敷进屋就会哭得上气不接下气吧？这样想着，忍俊不禁，李选嘴里的咖啡差点被呛出来。就在同一刻，泪水竟涌上了眼睛。两种截然不同的情绪混杂在一起，让她不能分辨自己的泪水究竟是因何而来。她记起半年前，当她从张立均身边醒来的那个早晨。酒店房间里那种特有的整肃与单调，即使隐匿在黑暗里，也让人有种超现实的感觉。她却很难将自己的感受比喻成一个梦，因为她清楚地知道，这一切正确凿地发生着。

QQ突然叫起来，是曾铖，他问候道："早。"

李选抽出张纸巾小心地吸干眼眶中的泪水，回道："不早了。"

曾铖说："我刚起床。"

李选说："你是艺术家，跟正常人有时差。"

曾铖不作声，李选以为他忙别的事去了，开始在电脑上浏览公司的业务报表。几分钟后，曾铖突如其来地冒出一句话：

"我不喜欢被区别出来，我没什么不正常。"

李选可以感觉到他语气中的不快，心想这也太小题大做了，不过是一句话而已。但连她也不明白，自己怎么就生出了一些歉意：

"怎么，生气啦？"

曾铖说："没有。我最不愿意被人强调成艺术家什么的。"

李选说："好吧，算我没说。"

曾铖似乎是消了气，说："干吗呢？"

李选挠挠头，心想这个家伙怎么显得有些理直气壮，更奇怪的是，自己对此居然不以为忤。她说："现在吗？刚刚学习了《陌上桑》。"

曾铖说："《陌上桑》？"

李选说："对，使君从南来，五马立踟蹰。"

曾铖恍悟道："哈！有什么心得？"

李选说："没什么心得，倒是多了疑惑。"

曾铖问："疑惑什么？"

李选说："你说，那个使君在罗敷面前踟蹰的时候，罗敷心里有没有踟蹰呢？"

曾铖想了一阵，然后才答道："我想是有的，而且可能踟蹰得更加凶猛。她的表现很夸张，竭力渲染自己有一个更棒的男人，其实心里可能很慌张，甚至是恐惧。"

李选说："恐惧？"

曾铖说："是，恐惧。小时候我常打架，这个你知道。有一次几个高年级的小子要揍我，我对他们叫嚣说，我哥可厉害了——你知道，我没哥。当时我就很恐惧，那心情，也许就是罗敷的心情。那种恐惧，比真的挨了顿揍都要强烈，因为随着我的叫嚣，我更清楚地认识到了外部力量的强大和我自身的卑微。"

李选说："嗯，我想我能理解。我也觉得罗敷是在夸大其词。不过，这让她显得挺可爱的。"

曾铖说："是啊，挺可爱的，张皇失措，无助，还要抵挡内心的魔鬼，只好给自己披挂上想象的铠甲。"

李选说："她心中的魔鬼是什么呢？"

曾铖说："简单讲，就是那种对于邪恶的向往和屈从，那种委身于诱惑的本能。这一点，我们人人都有。"

李选叹了口气："曾铖你太悲观了吧。"

曾铖发过来一张鬼脸，说："就是，我有时候自己都烦自己，总把一切往悲观去想。怎么样，睡了一晚上，我那个乐观的建议你考虑了没？"

李选问："什么建议？"

曾铖说："凑一块儿过日子咯。"

李选说："去你的。"

曾铖说："不是开玩笑，李选，你考虑一下，我现在要到你跟前踟蹰了。"

李选说："哈哈，你是使君？那我这个罗敷该怎么踟蹰才能抵挡你这个家伙？"

曾铖说："我不是使君，我没有那么威风。而且使君自有妇，罗敷自有夫，你我则鳏寡孤独。"

李选说："好像有点儿说服力。"

曾铖说："可不，所以李选你别踟蹰。"

李选突然觉得这个曾铖此刻是严肃的。这种感觉很微妙，尽管两个人是在虚拟的世界里交谈着，但李选总觉得曾铖就在眼前，甚至触手可及，他的表情、语气，乃至内心的态度，都可以被她觉察。李选晃晃头，说："曾铖别开玩笑了。我现在伤不起。"

敲出这些字的时候，李选感到自己也是严肃的了，好像很自然，就对曾铖打开了心扉。

曾铖说："我没开玩笑。"

李选说："快三十年没见了，咱们差不多就是两个陌生人。"

曾铖说："你觉得咱们是两个陌生人吗？"

李选认真想了想，如实说："嗯，好像又不是……"

曾铖说："你看。我也觉得不是，这种事情不讲道理的，我就觉得可以跟这个李选相爱，在这个感觉上，我少有地乐观。"

李选吁了口气："你也太容易爱了。"

曾铖说："谁说的？我爱得不容易。况且，容易爱也不是一件羞耻的事。"

李选想这个曾铖的确跟正常人不一样，好像有些神经质——不过，似乎神经质得并不令人反感（反而还有些可爱？）。

曾铖又说："我乐观一次不容易，你好好考虑啊，我下了，要出门办事儿。"

李选本来还想说下去，问问他"那你爱我什么啊？"现在只好飞快地打出"88"。

下午李选如期去了尔雅茶舍。这家茶舍和集团的总部在一个楼上，也是集团的产业，没指望赢利，几乎就是为张立均一个人开的。张立均每天下午三点钟都会去喝一个小时左右的茶。有时候他打电话给李选，让李选过去陪他坐一会儿。李选进去的时候张立均已经到了，偌大的一间雅室里堆满了他搜集来的瓶瓶罐罐，置身其间，即使穿着件颜色很艳丽的橘色毛衣，令他看起来也仿佛是刚刚出土的一样。午后的阳光很好，光线中能够看到飞舞的尘埃。茶已经泡好了。张立均的是六安瓜片。李选的是祁红——这是她第一次陪张立均喝茶时点的，从那以后，张立均就不再征求她的意见，按部就班，永远让她喝着祁红了。李选坐在张立均的对面，中间隔着一张花梨木的根雕茶台。张立均饮了口茶，眼睛盯着手中的白瓷茶杯，问她，下半月能走开吗？李选说，应该可以，现在用的这个保姆还算不错。张立均点点头道，那你准备一下，公司代理的新产品需要去学习相关的技术，你去趟上海吧。李选说，好，我把家里安顿一下。随后张立均就没话了，专心地品茶。李选也不作声，安静地喝着自己的祁红。

终于，张立均开口说："短信是怎么回事？"

李选说："昨天夜里我接到你一条短信。"

张立均说："我没有给你发短信。"

李选从包里摸出自己的手机，调出那条短信，将手机递了过去。张立均接在手里，扫了一眼，又递了回来。他问道：

"你怎么回的？"

李选用一种竭力死记硬背的态度复述道："正准备睡，已经上床了。你喝多了？"

她甚至有将标点符号也复述出来的冲动。

张立均说："喏，我没收到。起码现在我的手机上没有这条短信。"

他是什么意思呢？他说"现在"没有，是否意味着他并不否认"曾经"有过？李选默默想着这件事情的来龙去脉，结论是：张立均的那部手机昨夜的确给她发过一条短信，而且，也收到过她回复的短信。睡了没？正准备睡，已经上床了。你喝多了？但是，发送与接收这两条信息的人，不是张立均。而且，这个人之后删除了痕迹。这意味着，昨天夜里，张立均的手机一度在另一个人的手里。这个人，是谁？李选依然平静地喝着茶，但是内心分明有着电流经过一般的动荡。她垂着头，但感觉到了，对面的张立均正在观察她。

张立均打破了沉默："以后不要随便给我发短信。"

"随便"这个词听起来很刺耳。李选嗅着茶香，平静地说："我只是回了你的短信。"

张立均说："你应该看出来，那条短信不是我发的。"

他的口气很古怪，像是在着意强调什么，又像是某种启发。李选想，他要启发我什么呢？无外乎是要让我知道他的手机被某个人短暂地操控着吧，这是显而易见的，莫非，他是在启发我对那个人展开联想？那么，那是一个什么人呢？女人？他妻子？甚至一个杀手？李选不易觉察地笑了笑。这个神秘的人，为什么要用他的手机给我发送那样一条短信？试探吗？李选想，如果是试探，那么对方对于她也是没有定论的吧，不知道她是谁，但是已经有所怀疑……李选既有些微微的激动，又感到了某种叵测的不安。

李选吃力地、近乎呢喃般地问："那么，你知道是谁发的吗？"

张立均笑了一声，似乎是松了口气。但是他却没有回答李选，而是说起另外一个话题了："知道我第一次见到你时，是什么感觉吗？"

李选依然陷在前面的情绪里不能自拔，她漠然地摇摇头。

张立均把身子向后靠了下去，慢慢地说："当时你带着儿子，脸上显然有些浮肿，眼线没有画均匀，鞋子上也有泥巴。"

李选抬头看他。他背光坐着，身后是一面巨大的玻璃窗。窗外的天空一片瓦蓝。当李选视觉的焦点向他的脸上聚拢时，仿佛立刻被一个黑洞吞噬了。她看不清他。

张立均顿了顿，接着说："我当时在想，是什么人，是谁，把这个女人弄成这样了？"

李选感到自己战栗起来。强烈的羞辱感让她感到了痛苦。她觉得眼前这个男人在羞辱她。那时候她在朋友的旅行社上班，朋友很细致，考虑到她的处境，只让她做些销售机票的轻松活儿，而且还允许她天天带着儿子去工作。

李选说："你觉得我很丑吧……"

张立均说："不是丑，是憔悴。"

李选下意识重复一句"憔悴"，她想起了曾铖的话——憔悴期。曾铖用这个词指称青春期，李选想，半年前那个"憔悴"的自己，却绝不是在青春期里——刚刚办理完离婚手续，因为是跨国婚姻，手续烦琐无比，她不得不往韩国飞了几个来回；只身带着儿子住在父亲家里，几乎天天要和父亲弄出些不愉快，以致父亲突然离家出走了……

李选说："对于一个女人，憔悴就意味着丑。"

张立均纠正道："不是，对于一个漂亮女人，憔悴意味着美。"

李选笑笑："那我是瞎猫碰着死耗子了——我并不是故意要憔悴给你看。"

张立均说："我知道，憔悴这种样子是装不出来的。"

当初去见张立均，李选完全是为了缓和自己与父亲的关系。她父亲离职前是市政公司的领导，张立均事业起步之初主要和市政公司做生意，得到过李选父亲的照应。父亲让李选去张立均的公司就职，李选自己不大情愿。她觉得在朋友的旅行社卖卖机票，凑合着，也能过下去。那时候的李选，几乎已经接受了人生"憔悴"的基调。但父亲看不得她就这么"憔悴"下去，要她积极起来。从小李选和父亲之间的关系就很紧张，她母亲身体不好，李选的情感更多寄托在母亲身上。李选三十岁的时候，母亲去世了，父亲有意再娶，性格倔强的李选就成了障碍——这也成为李选远嫁韩国的潜在原因之一。她要离开自己的家，给父亲腾出重新生活的空间。本来这个认识并不是格外强烈，但是她又回来了，带着个儿子，一副"憔悴"的样子，这让她不免要将自己的遭遇部分地归咎于父亲。于是，父女俩的关系更是水火难容。李选去了韩国，她父亲倒是没有再娶，只和那位心仪的妇女常年保持着关系，李选回来了，父女俩实在处不下去，做父亲的干脆离家出走，拎了几件换洗的衣服搬到那位妇女家住。可是没过多久，父亲又拎着自己的衣服回来了——暴躁的脾气让他跟谁都难以长期和平共处。好像是给自己去而复归开出的一个条件，父亲气哼哼地要求李选到张立均的公司就职，他说，你看你现在成什么样子了！父亲说这话的时候，李选正绕着儿子拖地，儿子坐在卫生间外面的地板上堆积木，周围一圈面包屑。李选闻言抬头，在卫生间的镜子里看到"成什么样子了"的自己：披头散发，眼袋像盛着两枚枣核。她决定在这件事情上不再拂逆父亲。父亲拎着换洗衣服流窜一样地乱跑，也让她心有戚戚。她打算起码去见一下张立均。于是，李选带着儿子去了张立均的办公室，"憔悴"地站在了张立均的面前。

孰料这副样子却打动了张立均。也许张立均见惯了容光焕发的女人吧？李选思忖，张立均说这些话是什么意思呢？这个男人很少说这些话。半年多来，她只被他带到酒店去过三次。陪他在午后喝茶，经常也是无声无息的，不过偶尔说几句有关公司业务的事。这在很大程度上让李选已经仅仅将这个男人视为了自己的老板。

手机响了一下，进来一条短信。李选翻看，是曾铖发来的：在干吗？她回：喝茶。曾铖问：和男的吧？她回：嗯，一个公司同事。即便没有抬头，李选也能感觉到张立均质疑的目光。她扬一下手机，说：

"一个老同学。"

张立均"喔"一下，问："大学同学？"

李选说："不是，你忘了，我没读过大学。是小学同学。"

张立均皱眉道："小学同学？那都多少年前的事了，你们居然还保持着联系？"

李选用一种连自己都有些惊讶的兴奋语气说道："二十七年前了，昨天才联系上，他现在是个画家，好像还有些名气。"

李选感到有些上不来气，那种急于要表明什么的情绪，让她显得有些气喘吁吁。

张立均说："男的？"

李选用力点了点头。不知为什么，能够当着张立均的面说起曾铖，这让她觉得瞬间平添了一些底气。

晚上吃过饭，儿子拿着李选的手机玩游戏，李选上网和曾铖说起了自己的感受。她问曾铖，是不是当女人对某个男人说起另外一个男人时，都会变得有力起来——就好比罗敷一样？曾铖似乎在忙别的，隔了半天才心不在焉地回道，什么意思？李选挺失望的，说，没什么。

曾铖就不说话了，但 QQ 头像一直亮着。李选在网上看起电视剧来，看的是《北京爱情故事》。这部电视剧最近热播，李选中午在办公室休息，为了将自己哄瞌睡，会有一眼没一眼地看看。但是这天晚上她却被这部电视剧吸引了。她觉得剧中的男主角有些像曾铖。从网上搜出曾铖的照片，两相对比，越看越像。这让李选对剧情都专注起来。剧中那个像曾铖的男主角，是一个典型的多情男人，李选觉得连这一点也跟曾铖颇为相似。对于现在的曾铖，她了解多少呢？其实对于过去的曾铖她也所知无多，那时候大家不过是一群儿童，谈不上有什么值得被人去了解的东西。但是李选就是觉得曾铖这样的男人肯定不省油。支持她这个判断的是，曾铖刚刚跟她搭上话，就发出了"凑一块儿过日子吧"这样的呼吁。李选想，曾铖多半也是有口无心，但这样张口就来，还是挺说明问题的。正在想，曾铖在 QQ 上开始说话了：

"那么李选，下午你告诉我你跟男同事在一起喝茶，变得有力了没？"

李选半天没回过神。她没有料到曾铖会这样想，半开玩笑道："有力了，不过是我跟男同事提起你时，一下子突然感觉自己有了力量。"

李选似乎听到了曾铖发出的一声窃笑，他说："明白了，你这个男同事在引诱你。"

李选心中一紧。张立均需要引诱她吗？——客观地说，他已经得手了。莫非，自己在潜意识中有着这种感觉（盼望）？李选无法理清。但她还是为曾铖的敏感感到吃惊。

李选说："讨厌。别胡说。"

曾铖说："女人只有无力面对男人诱惑的时候，才拿另一个男人给自己打气。也成，能被你用来抵抗魔鬼，也是我的荣幸。"

魔鬼？李选想，张立均不是魔鬼，没有那么凶恶，不如说是自己心里有一个魔鬼。这个魔鬼的形象她却刻画不出来，只是影影绰绰，能够看到一丝阴影。

曾铖说："还有另一种可能，女人在试图勾起男人兴趣的时候，也会故意说起其他男人。"

李选怔了怔："为什么？"

曾铖说："激起男人的妒意吧，起码是在释放某种信号——喏，我身边不乏男人。"

曾铖的犀利让李选有些难以适应。李选感到自己心里的那个魔鬼渐渐被曾铖勾勒出来了。即使曾铖看不到，李选的脸上依然尽量做出面不改色的样子，她问：

"这么做有用吗？"

曾铖说："多半有用。在这个意义上，我想，罗敷给太守吹嘘她的男人，没准是在反过来勾引太守呢。"

李选说："可太守吓跑了。"

曾铖打着哈哈说："古代人民太朴实啊，罗敷失算了。"

李选眉头蹙起来了，说："曾铖你这人没正形，挺美好的一个女子，倒被你这么歪曲。不带这样的。"

曾铖说："我承认，这么猜测是挺阴暗的，但这就是人性。李选你觉得我是在信口开河？"

李选迟疑着："你好像说得也有点儿道理。"

曾铖说："你看。所以呢，如果基于刺激对方的需要，女人在男人面前搬出另一个男人的时候，要慎重，现代人民没准也有朴实的，结果反而会被吓跑。"

李选说："那你朴实不？"

曾铖说："朴实，我基本上是个古代人民。所以李选你别告诉我你背后还有个男人，我会被吓跑的。"

李选说："别把自己说得那么脆弱。反倒是你这样的，容易把女人吓跑。"

曾铖说："我这样的？"

李选说："是，太多情，太会分析女人的心思。"

曾铖说："一个男人，多情，会分析女人心思，难道反而是坏事？"

李选说："我也说不好，但是这种男人，让人有点儿害怕。"

本来李选的态度是有些调侃的，但说着说着，心里却真的感到了某种惧意。手机响了，短信。这种状况以前遇到过，儿子停下正在玩的游戏，很懂事地过来把手机塞给李选。李选木然地看着短信的内容：睡了没？她在踟蹰，该不该回这条短信？不出所料的话，这条短信依然不是张立均发来的，但转瞬李选就回了过去：没呢，在跟同学聊天。她将这几个字发送出去，是种恶狠狠的态度。李选在想象这个莫须有的对方——她（没错，她！）深夜的时刻在张立均的身边，背着张立均使用张立均的手机，目的不过是想刺探出一些什么。但是，"她"为什么选中了我？李选想，张立均的手机一定储存着大量的号码，这个人为什么偏偏选中我？从名字上看，李选这个名字几乎就是中性的，很容易隐藏在海量的信息里。难道，在张立均的手机中，对于李选会有着格外不一样的标记？或者，张立均对"她"讲起过李选，并且格外令"她"不能释怀？这么胡思乱想着，李选的心情随之变得复杂。在李选的心里，从没有条分缕析地去梳理过自己和张立均之间的关系。他们之间那种物理意义上的落差，让李选难以将自己和张立均联系起来。在李选的世界里，张立均这个男人没有可资去幻想的余地。但是，这个"她"却强迫李选展开了曲折的想象。直觉告诉李选："她"一定不是张立均的妻子，却能够在深夜常常伴在张立均的身边；张立均和"她"非常亲密，否则"她"没有摆弄张立均手机的机会。此刻，张立均在做什么？酣然入眠，还是正在冲澡？ "她"是什么心态？……李选似乎可以看到这样的一幕了：卫生间里传来哗哗的水声，一个女人用两只手（是的，两只手）握着手机，飞快地发送着短信，她时而转头看一眼身后，此刻任何风吹草动都会令她魂飞魄散，她紧张而又疯狂，也许还满怀着惆怅……

李选觉得自己的心被揪紧了。她几乎喘不上气。

儿子响亮地叫："你发完没？我要玩悟空蹦蹦蹦！"

李选呆呆地将手机递给儿子。她确信，今夜不会再有这种短信发过来了。

曾铖在 QQ 上说了许多：女人一边抱怨男人无情、不懂她们的心思，一边又会对男人的多情和洞识感到害怕。说到底，是这个世界太幽暗，而人性中有着许多与生俱来的恐惧。我们最难面对的，其实只是我们自己。有时候，把一切简单化，靠着直觉来驱使自己，反而是好的。我们自以为已经被训练得理智而又冷静，面对任何心中向往的事物，往往摆出一副存疑的态度，然而谁都应该承认，即便我们如此显得像一只老狐狸了，世界也并没有给我们开辟出一条坦途。怎么不说话？睡着了吧？算了，我也下了，画画去。

　　李选这才惊醒，原来不知不觉自己发了这么长时间的呆。喋喋不休的曾铖遭到了冷落。李选似乎能够感到遥远的曾铖因此而生出的沮丧。她木然地读着曾铖的这些话，缓慢地打着字：抱歉。儿子闹，陪他玩了会儿悟空蹦蹦蹦。

　　李选觉得这几个字耗尽了她最后的一丝力气。她知道曾铖也不会再回复什么了。他走了，画画去了。在这个夜里，曾铖和"她"都不再会和自己发生联系——这个念头突然令李选感到了孤独。

三

一连几天曾铖都没有在网上出现。李选动过给他发条短信的念头，但想想又算了。毕竟，大家只是分开了将近三十年的小学同学。李选在中午休息的时候看《北京爱情故事》，好像得了强迫症，看着剧中的男主角，李选就觉得是在看曾铖。连带着，虚构的剧情也仿佛成了现实的翻版。李选知道这有点儿可笑，但还是热衷将曾铖和电视剧联系在一起，好像她看着的，就是曾铖的生活、曾铖的情感。李选觉得挺有意思的。

那种深夜突袭式的神秘短信没再出现。对此，李选跟张立均只字不提，张立均也没有询问过她。但是，面对张立均时，李选的心情发生了微妙的变化。以前李选把张立均看成是一个无关痛痒的人，她从他那里受益，但并不感到出卖了什么。张立均所做的都在分寸和尺度里，索取了，就给出回报，但索取得不贪婪，回报得也不奢侈。不谈情，他们不谈情。不谈情，一切好像就自然了，如同物质世界的定律，里面不掺杂多余的评判。

但是"神秘短信"激活了李选的心思。它似乎强调出了李选的地位，让李选在张立均的世界中变得重要起来——张立均身边的女人将李选视为了潜在的对手。一旦这么想，身不由己，看待张立均时，李选的目光就迷离了，不再像之前那么简单。她有些好奇，想象会是怎样一个女人，在深夜还伴在张立均的左右。这种好奇如果强烈起来，李选心里还会有些不适。那是一种难以言表的感触，李选无法准确把握，姑且就用"不适"来感知。在这种"不适"中，李选发现自己竟是在乎张立均的。按理说，李选也应该在乎张立均。半年前，李选"成什么样子了"，"憔悴"，几乎接受了自己的人生大势已去。半年多的时间下来，潜移默化，她换了副样子。现在的李选，算是公司的高管，薪水足以让自己和儿子过得不错；心情平静下来，和父亲也不再是剑拔弩张；闲极无聊的时候，还生出百度小学同学的逸致。这一切，都是张立均提供的。没有张立均，也许李选在某一天也会振作起来，但对于李选来说，难度一定不小。李选只读过专科，因为家境还算不错，从小也没有养成努力奋斗的精神，而且自尊心又很强，这样的一个女人，眼看四十岁了，突然要想焕然一新地生活，谁都知道该有多难。

李选不是没有自我分析过，所以半年前她才那么消极。
但是，渐渐活出了积极时，她却没有认真分析一下这种
局面的可贵。由此，李选也没有去思考张立均对她的重
要性。也许，她是在潜意识里拒绝这样的思考——太看重
张立均，她的弱势就会被放大，羞耻感会随之而来，"交
易"就真的成了"交易"。"神秘短信"让李选将注意力
转向了张立均，混沌有了秩序，那种生活必然的严峻性
突然被她再次感受到了。原来一切还是这么岌岌可危。
奇怪的是，与此同时，李选一边有些惆怅，一边又觉得
自己似乎得到了某种启发，可以让她向前再跨出一步，
从张立均那里谋求更多的东西。至于那是些什么东西，
李选一下子也想不通。但是她似乎觉得自己也长高了
些，就好比从一米五长到了一米七，能够对于一米八的
张立均伸张些什么了。

　　在这种情绪下，李选第一次拒绝了张立均的要求。
这天张立均给李选打电话，让她下午去茶舍喝茶。这本
来是司空见惯的事，好像公司里的一项制度，没有多少
讨价还价的可能。以前李选接到电话，也像落实工作一
样地去照办。但是这天她却问道，有什么事吗？张立均
显然没有想到她会这么问，讪讪地说，没什么事。李选

说，那我就不过去了，下午儿子的幼儿园要开家长会。张立均沉默了一会儿说，算了。通完话，李选一阵没来由地兴奋。其实幼儿园下午并不开家长会，李选很惊讶自己怎么会这样，但"拒绝了张立均"这个事实，让她感到有些得意，仿佛在身高上又长了几毫米。下午的时候，为了掩人耳目，李选从公司出来了，她怕万一被张立均掌握了她的行踪。出了公司，一时间又没地方可去，李选干脆找了间咖啡馆，坐在临街的窗子前，一边喝咖啡，一边用随身带着的平板电脑看《北京爱情故事》。接连看了两集，手机里接到条张立均的短信：在干吗？李选抬头看看窗外，大白天，冬日的太阳明亮如洗。她不能确定这条短信和深夜而至的短信有什么区别。李选把手机举在眼前，眯起眼睛端详，踟蹰再三，回道：在给儿子开家长会，有事吗？

半个月后，集团安排李选去上海接受新产品的代理培训。这件事张立均给她交代过。出发前两天，李选向公司请了假，做些出门的准备，安顿一下家里的事。她父亲最近身体有些不舒服，总是说胃里难受。李选想可能是人老了，消化能力在降低，叮咛保姆多做些粥，自己又去了超市，准备买些豆子、燕麦这些煮粥用的配料。在超市里，李选接到了曾铖的电话。

曾铖说："李选我今天到西安。"

这段时间没联系，李选一下子觉得和曾铖有些生疏。她说："啊？回来看父母吗？"

曾铖说："不是，要到北京办画展，从西安转机，就住一个晚上。"

卖过机票的经历让李选立刻听出了问题："成都到北京不需要转机呀。"

曾铖叹口气，说："唉，你怎么一点儿也不解风情？好吧，这是个借口。"

李选说："干吗要找借口啊？"

曾铖说： "可不就是为了看看你，又不好意思说嘛！"

李选笑起来，说："好吧好吧，落地给我电话，我请你吃饭。"

曾铖说："李选你的声音有点儿沙哑。"

李选说："不好听？"

曾铖说："不是，挺有特点的。"

挂了电话，李选才意识到这是自己与曾铖之间跨越了将近三十年后的对话，之前通过网络，总有些虚拟的隔膜，好像还不太真切。但是这下听到声音了。李选觉得奇怪，感觉自己和曾铖好像根本没有经历那么多年的分别。超市在地下室，信号不是太好，曾铖的声音有些断续，这种声音，既让李选觉得似是而非，又让她觉得理所应当。回到家里，李选帮着保姆做家务，忍不住问道，我的声音听起来是不是不好听，有点沙哑？保姆说她听不来。李选承认，自己心里对曾铖有兴趣，感情有理智根本无法理解的理由，夸张一些说，这种理智根本无法理解的理由，绵延了将近三十年之久——那就是从孩提时代起，对于一个人的好感。现在的李选，对于现在的曾铖充满了好奇。在网上说话是一回事，面对面说话又是另一回事了。那会是怎样的一种局面？会尴尬和冷场吗？曾铖会怎样看她——她现在好看不？这种忐忑的滋味，李选内心很长时间没有体会过了。

中午吃饭的时候，张立均发短信给她，问：家里都安顿好了？李选分析这条短信的内容，认为应该是出自张立均之手，回道：安顿好了。张立均又回复过来：晚上一起吃饭。李选犹豫了，好像许久都不曾面对过这么让人左右为难的选择。她已经拒绝过一次张立均，再次拒绝他，事情的性质好像就变了。毕竟，张立均是她目前安适生活的提供者，虽然他并不强调这一点。甚至，单从老板与雇员之间的关系来理解，有几个人会这么不给老板面子？然而晚上曾铖就到西安了。成都距离西安挺近的，飞过来不过个把小时，可是在李选的情绪中，曾铖却是飞了将近三十年。那个飞了将近三十年的曾铖，就要落地了。这么权衡着，时光的砝码立刻让李选心中的天平倾斜了。她给张立均回道：真不巧，晚上有个同学从外地回西安，已经约好见面了。她以为按照张立均的做派，是不会再发短信过来的，不料张立均的短信接踵而至：同学？那个画画的？李选有点吃惊，想起是自己跟张立均提过曾铖，就更吃惊了。她没有想到张立均会把这件事记住。所以，李选回复起来就感到了艰难，一个"是"字，过了半天，才被她鼓足力气发送了出去。

整个下午李选的情绪都很焦灼。她感到有些对不起张立均。这种情绪以前是不可想象的。李选从来不觉得自己欠张立均什么，两人之间，不过是经历着这个世界已经约定俗成的那部分规则。同时，"对不起张立均"这个感觉，又让她有些高兴。李选躺在床上，闭着眼睛想：自己拒绝了张立均，如果张立均没什么不快，那么自己就没什么对不起他的；如果他不快了，只说明他对她在意……那么，自己究竟想不想让张立均在意呢？这个问题把李选难住了，她睁开眼睛，定定地看着天花板上繁复的石膏花饰——那不是李选的趣味。房子是父亲的，装修风格完全体现着父亲落伍的审美。此刻，这个事实通过天花板上的石膏花饰反映了出来，令李选的内心更加纠结。她想到自己已经快四十岁了，没有自己的家，单身带着一个年幼的儿子，今后怎么办呢？对于未来的眺望，更多时候李选是刻意避免的，她怕自己会把自己眺望得不寒而栗。抛开不切实际的幻想，李选知道，目前拯救自己的唯一方法就是——更加严格地去遵守世界已经约定俗成的那部分规则。而张立均，以一种一米八的姿态，站在那些规则的里面。

我现在就是不守规则。李选给自己下着结论。她把自己的这种任性，归咎于曾铖的出现。李选想，是曾铖让她变得有些不切实际了，想想吧，为一个将近三十年未见过面的小学同学，去慢待自己眼下生活中的一个重要角色！这么想着，李选就对曾铖有了些无端的埋怨，好像真的为曾铖破釜沉舟了似的。

曾铖到了晚上七点多钟还没有消息。李选在家等了大半天，渐渐等出了疲惫和气馁。在这大半天里，她心神不宁，瞻前顾后，时而兴奋时而惴惴不安，一度像是回到了自己的少女时代。情绪波动太大，最后就格外厌倦。实在等不下去了，李选给曾铖发短信：到了没？过了半天，曾铖电话打过来了，用一种没睡醒的音调说，李选我早到了，昨晚一宿没睡，困得要命，想先在酒店睡一会儿，没想到睡死过去了。李选既好笑又好气，问他，怎么跑到酒店睡去了，干吗不回你父母家？曾铖说，这次回来就是为了见你，明天一早就得走，不想回家了。李选听他这么说，心里的气就消了，问他酒店的位置，他说你等等，可能是跑去看酒店的资料了，过了一会儿给李选报出了店名和具体位置。出门前李选又照了照镜子，确信自己目前样子还好，并不"憔悴"。儿子已经被保姆从幼儿园接回来了，看到她对镜顾盼，说，妈妈你要去约会吧？现在的小孩电视剧看得多，懂得不少生活中的桥段。李选摸下儿子的头，故作神秘地挤了挤眼睛。

由于就要去上海，李选的车放在公司楼下没有开回来，她打了车往曾铖住的酒店去。车很难打，李选在路边站了有半个多小时。天上飘起了夹着雪粒的雨丝，夜色中的城市一下子显得有些凄凉。进入主城区，却是另一番景象，人头攒动，车流如织，比平常热闹很多。李选恍然想起，原来今天是平安夜。商铺门前的圣诞树流光溢彩，反射在雨雪淋湿了的路面上。李选看着窗外，心情变得有些恍惚。她感觉世界突然变得很寂静，自己好像无声地穿行在一条时光隧道之中，是在向着自己的童年回溯。到了曾铖住的酒店，李选坐在大堂的沙发里给曾铖发短信：我到了。她想曾铖会闻讯下楼，不想曾铖把自己的房间号发给了她。李选乘上电梯，心里有些紊乱。这时候她想起的是张立均。集团常年在市内的多家酒店留有客房，其中有一套是专供张立均使用的，李选被张立均带到这套客房去了几次。第一次被张立均带到酒店，李选的心里多少有些抵触和排斥，但不是很强烈，其后几次内心就很平静了。但是现在，置身一家酒店的电梯里，李选突然有了心理障碍。她发现，原来自己这么憎恶这种"酒店式的"逻辑。曾铖似乎现在就在这种"酒店式的"逻辑里，他要干吗？

房间找到了，李选摁门铃。里面一阵踢里踏拉的脚步声，曾铖跑着来开了门，睡眼惺忪地把李选让了进去。他上身穿着件咖色的长袖 T 恤，一边系裤子一边对李选说，你先坐，我去洗把脸。李选说，还在睡呐！曾铖嗯嗯着，转身进了卫生间。一切就是如此自然，没有丝毫的局促，很熟络，仿佛将近三十年来，李选天天都这样惊扰着曾铖的美梦。卫生间响起哗哗的水声，曾铖在响亮地擤着鼻涕。李选没有坐，站在这间酒店的客房里，心神更加恍惚了。她看到了曾铖的行李，一只拉杆皮箱平躺在地上，打开着，最上面是一双没有撕开包装的袜子，几本艺术杂志，下面是一件叠得很平展的衬衫。不知出于怎样的心情，李选突然很想看看这只皮箱里所有的内容，仿佛那里装着曾铖所有的秘密。她有些激动，又有些不安，回头看了看卫生间的门，毫无理由，只在一瞬间就为自己的这个念头而动情起来。

曾铖从卫生间出来了。他洗了脸，却没有擦，脸上水淋淋的，径直从李选的身边走过去。原来他的洗漱包放在床头柜上，他过去翻出自己的毛巾，很用力地擦着脸。就这么一个照面，李选便将如今的曾铖一览无余了。曾铖留着极短的头发，那张脸比小时候的线条清晰了，有了棱角，显得十分年轻，总体上可以说是英俊。李选看着曾铖的背影，很瘦，个头似乎要比她想象中的矮。但这不足以让她觉得意外，仿佛某些与预计中的偏差，也在她的预计之内。这就是李选认为的曾铖，即使令人大吃一惊，也好像大吃一惊得分毫不差。总之，她不觉得他陌生。曾铖回头了，向着她笑，说，怎么样李选，还认得吧？

李选说："认得。我呢，你还认得吗？"

曾铖看着她。李选有些紧张。她也在迫切等待眼前这个男人的确认，有种等待被鉴定的心情。好像曾铖将要做出的这份鉴定，就是对于她这个女人几十年来被岁月淘洗之后的盖棺论定。

曾铖说："李选你没变，雷锋说得不错，你变化很小。"

他回答得轻描淡写，李选有些失落。

曾铖套上一件高领毛衫，穿上羽绒外套，说："咱们吃饭去。"

李选跟在他身后，出了房间，进到电梯里，突然感到挺无聊的。但是此刻的情势似乎对两个人都有所要求，那就是，他们必须都打起精神。

李选热情地问曾铖："你想吃什么？"

曾铖说："吃什么都好，我无所谓，就是想跟你见一面。"

李选说："没跟雷锋联系？"

曾铖说："没有。这次就为见你。春节回来，再好好会会雷锋。"

李选高兴了一点儿，说："真的就为见我？"

曾铖说："当然。不过呢，也的确是要在西安落下脚，有个朋友托我捎些东西去北京。"

李选于是立刻又觉得无聊了。

出了酒店，"吃什么"又成了问题。旁边有家火锅店，曾铖提议说："咱们就火锅吧？"

李选说行。这时候她在问自己，自己拒绝了张立均，焦虑了大半天，就是为了吃一顿火锅吗？那么，不为了吃顿火锅，又为了什么？李选想不清楚。这家火锅店里人不是很多，他们找了相对偏僻的角落坐下。点菜，要茶，非常乏味。当锅里的汤沸腾起来时，隔着氤氲的水汽，曾铖说，李选我没想到你这么漂亮。

李选说："别蒙我，恐怕是有点儿失望吧。"

曾铖举起啤酒和她碰一下，说："没有，倒是做了失望的准备，毕竟快三十年了，这么长时间，够得上让物种进化一遍了，当然，也够得上让人变成猴子。"

李选想起曾铖说到过的李兰，心想这个曾铖够刻薄。她问："回来没联系李兰？"

曾铖说："没有，我说了，这趟主要是冲你来的。"

尽管李选不是太相信曾铖的说辞，但他这样一再强调，好像就有些可信了。李选渐渐有了兴致。"说说吧，你跟你这位初恋女友多年后重逢的滋味。"

曾铖说："不是初恋，对我不是，可能对她也不是。没有那种浓度，就是个儿戏。"

李选说："你这么说，李兰知道该多难受。"

曾铖说："我对她也是这么说的。但这并不表示我轻视当年的那件事儿，相反，现在我觉得那都是很宝贵的记忆。见面后，李兰跟我说，她当年对我示爱，其实是怀有目的的，这个目的很单纯——她听人说参军后，在部队里要是没有一个恋人给自己写信，会非常丢人。她不过是想给自己落实一个写信的人。可是就连这个目的也落空了。她给我写过很多信，我却只字未回。她说，每次看到其他战友接到信，她都会感到难过。后来，当这种情绪难以克服的时候，她就找机会离开部队，跑远些，在异地写一封信寄给自己，然后返回部队，带着一种十拿九稳的盼望，等待着这封信的到来。"

李选说："曾铖你真残忍。"

曾铖说:"李兰跟我说这些话的时候,我也很难受。我当然自责,但更多是在为那些憔悴的少年时代感到悲伤。一切伤害都在无知和粗糙中酿成了,但回过头,冤找不到头,债找不到主,人只能默默承受生命给予我们的所有失误。"

李选说:"当年你们真的没有发生点儿具体的事?"

曾铖说:"那个夏天的午后,李兰找到我,在我家我们接吻了,那倒是初吻。"

李选笑道:"什么感觉你?"

曾铖说:"如遭雷击。迄今我还认为,再也没有那种难以言表的滋味了,嗯,她的嘴唇竟那么柔软。不如说,我是从那一刻,才知道女性的嘴唇会那么柔软。李兰的嘴唇在当时对我,就是喻示了所有女性的嘴唇,这算是启蒙,无以复加,其后女人的嘴唇也就只是嘴唇了。"

李选有些走神。曾铖说话的时候打着手势,毛衣袖口下露出的手腕上好像有块文身。李选想,放心曾铖,我不会追问得太多。她问:

"我想知道,你们见面后,没有再发生什么吗?"

曾铖喝了口啤酒:"应该不算有什么。她是去成都办事，跑业务，我陪她跟几个需要走动的关系应酬。她现在酒量大得惊人，那几天我们几乎天天喝醉，从饭桌上下来，去她酒店的房间接着喝，直喝得人事不省。"

李选说："酒是淫媒……"

曾铖打断她，说："没有，我们只是喝酒，第二天醒来，面面相觑，感到非常空虚。"

李选相信曾铖所说的，问："那现在你俩啥感觉？"

曾铖说："我觉得就像至死不渝的亲人了，很贴心那种。要说我俩之间也没什么更多的交集，但好像岁月本身就给了人无中生有的依据——大家小时候就认识，这一点突然变得非常有说服力。前段时间我母亲身体不好，在电话里李兰跟我说，需要的话，她可以去照顾我母亲，我听了真的很感动。"

李选说："你没想到吗，也许李兰现在还喜欢你？"

曾铖说："不会，她不会。"

李选说："那她的家庭现在可能挺幸福的。"

曾铖说："倒不是。李兰好像和她丈夫的关系也不怎么好。我没细问。但是你看，如果是一个家庭幸福的女人，她需要为什么狗屁业务在酒桌上把自己喝成那样吗？我觉得李兰现在那么胖，就是让酒给闹的。"

李选一阵黯然。她想到了自己眼下的生活。李选不是一个有酒量的女人，但现在做了公司的副总，在某些饭局上，也是免不了要违心地咽下许多苦酒。原来，是否豪饮，可以鉴定一个女人的婚姻。

李选说："既然这样，她为什么就不能喜欢你？"

曾铖说："首先，我们彼此之间没有那种感觉。其次呢，似乎真的涉及那种感觉了，反而对我们彼此会是伤害。我想，经过了漫长的蹉跎，和大部分女人一样，起码李兰现在会变得不再相信爱情。"

李选几乎要脱口而出"我也不再相信爱情"，但她克制住自己，问曾铖："你呢，你还相信爱情吗？"

曾铖说："老实说，我也不信了，但我要求自己必须还得一次一次地去信，没有了这种相信，我们会活得更加糟糕。"

李选还想继续追问下去，曾铖挥下筷子说："说说你吧，怎么从韩国跑回来了？"

李选说："过不下去，自然只有跑回来了。"

曾铖举下酒杯，意思是洗耳恭听。

李选说："我和他认识得很偶然。那时候他在西安开餐馆，和我的朋友认识。有一次大家出去玩，玩到热闹的时候，我问了一句他，我漂亮不。事后这人我差不多就忘干净了。过了很久，他突然从韩国给我打来电话，问我能不能嫁给他。整个过程有些莫名其妙，我们开始通话，随后他就来西安了，见了我的父母，然后又带我去了长春，见了他的一些亲戚——他其实是在中国长大的朝鲜族人。韩国政府有政策，光复前——他们那儿把朝鲜战争结束叫光复——跑到中国的朝鲜人可以回国定居，原则上允许带一个未婚的子女。他就跟着他母亲回去了。他父亲去世得早，哥哥姐姐都留在中国。"

曾铖说："原来这样，我还在想，李选如何跟一个韩国人谈恋爱呢，原来你们有汉语基础，可以谈得起来。"

李选说："他要是不会说汉语，我们根本就不会走到一起。我爸当时的态度就是——中国男人都死光啦？就这，后来我们离了婚，我爸还在强调外国人就是靠不住。"

曾铖说："真的靠不住吗？"

李选说："我当时嫁他也没想着要靠他，没那么多想法。就是觉得年龄也不小了，好像所有的力量都把自己往一个方向推，于是就那么嫁出去了。三十岁之前我很喜欢热闹，有点没心没肺。中专毕业后，我爸把我安排到市政公司上班了，工作上也没什么压力，就是玩，玩来玩去，直到把自己玩得有点儿犯恶心了。对了，他比我大很多。"

曾铖问："大多少？"

李选说："十二岁。"

说着李选从自己的钱包里找出了前夫的照片，递给曾铖看。曾铖很认真地看了，说：　"还不错，不显得老。"

李选接着说："婚后那段时间，我真的很安静，像换了个人似的。他家在浦项市——你听说过没？"

曾铖点下头："我去过，几年前去韩国办画展，去过浦项，山多。"

李选说："哈，哪年去的？"

曾铖说："五年前吧。"

李选说："那时候我正在浦项！"

曾铖说："真遗憾，那是咱俩二十多年来距离最近的时候。要是能在街头遇到你，我一定要拥抱你。"

李选竟对这样假想的一幕有些渴望。她说："就算遇到，你也不会认出我。"

曾铖说："嗯，可能是认不出。但是我会想，咦，这个漂亮的韩国女人怎么会如此眼熟？莫非，她是我前世的伴侣？"

吃了不少，喝了不少，也说了不少，曾铖好像松弛了许多，话里有了随便的味道。李选喜欢听他这么说话。

李选说："去你的。你不会在街头遇到我。那时候我几乎足不出户。现在想起来，我都感到惊讶，甚至不能相信，那时候的我，真的是我？他在中国做生意，我留在韩国，聚少离多，家里只有他母亲，周遭一片陌生。我就像活在一个孤岛上，但是心里却非常安宁，一点儿也不焦虑，也不感到孤独，好像很自然地接受了全人类都已经灭绝了的事实，心如止水地活下去，活上几万年也不是问题。"

曾铖很专注地看着她，问："这样不好吗？内心安宁多可贵。"

李选说："开始我也觉得还行。如果他不是总跟我吵，没准我就真的会这么老死在韩国那个叫浦项的小城市了——它真的很小，大概才五十多万人口。"

曾铖说："他跟你吵什么呢？"

李选说："他在中国做生意，挺艰难的，心情不是很好吧，加上韩国男人的那套做派，每次打电话回来，对我都是一副不客气的腔调。你知道，我脾气也不小……"

曾铖说："嗯，我知道，看得出。"

李选说："看得出？从哪儿看出来的？"

曾铖说："感觉吧，就是觉得李选应该不是个好脾气的女人，好像印象中，小时候就有点儿像个假小子。"

李选说："讨厌。其实我挺温柔的。"

曾铖说："我发现了，你爱说'讨厌'，骄横，可不就是脾气挺大。"

李选说："人家这是娇媚。我是双鱼座的嘛。哎，对了，你什么星座？"

曾铖说："金牛座。"

李选笑起来，说："金牛座的人外表闷骚，内心风骚。"

曾铖说："是这样吗？也不错。你呢，内外是怎么个情况？"

李选笑而不答，继续前面的话题："他在电话里跟我没好气，我就挂电话。这就让他更来气了，简直是暴跳如雷，会一遍又一遍往家里打电话。我想这是何苦呢，越洋电话又不便宜，打过来就为了吵架，不是有病吗？有一次还是这种状况，他几乎要把家里电话打爆了，他母亲就让我接他电话。我接起电话，他劈面就给我一句：我操你妈！我一下就火了，回他一句：我操你妈！这下可好，他母亲在旁边听着呢，不干啦，问我，你操谁呐？"

曾铖大笑，问："这些话都是用韩语说的？"

李选说："汉语，在家他们都说汉语，要不我嘴也回不了这么快。"

曾铖举起杯，说："来，为汉语干一杯。"

两个人高兴地喝了一大口啤酒。曾铖喝酒上脸，眼见着脸已经很红了。他说："其实这都不是原则问题，中国夫妻也都这么对骂。"

李选说："我也觉得不是原则问题。也许跟个中国男人这么对骂，骂完也就完了，可当时我在一个世界上的人都死绝了的孤岛上，这么骂来骂去，就骂出问题了。我想有了孩子就会好点儿吧，没想到，儿子刚满月，我就抱着回国了。"

曾铖凝视着她："刚满月？"

李选说："四十天。实在熬不下去了。其实当时嫁人，我有一个很重要的原因，就是想早点生个孩子。我妈身体很不好，常年有病，生我的时候都是费了九牛二虎之力才怀上，她本来还想再生一个，连名字都起好了，我叫李选，下一个孩子叫李择。但是这个愿望她没能实现。所以我妈非常想看到我的孩子。前些年我玩疯了，一直成不了家，等懂点儿事了，就想给我妈点儿安慰，哪怕是给她的在天之灵一点儿安慰……"

李选眼圈红了，让她感动的是，对面的曾铖抽着烟，好像眼睛也有些潮湿。

李选说："生孩子之前我就打算回国来生，但他们家不同意，说孩子生在中国，国籍问题又是麻烦事。我爸也说我，嫁出去的人，就听婆家的吧。我说我知道，在韩国生孩子，我肯定没人照顾。我爸说，谁让你嫁到外国去，忍吧！可那真是没法忍。生孩子的时候他在中国，我身边只有他母亲，他这个母亲挺不让人的，孩子一生下来，就跟我说，别以为生个孩子就是功臣了，哪个女人不会生啊？我压根就没那种想法，听了她这话心里真是委屈，感觉这下坏了，孤岛上来了个不讲理的。儿子的第一片尿布就是我洗的，她母亲倒是给我做饭，天天煮一锅白菜。我给儿子喂奶，乳房里有硬块，很疼，医生说得人来揉，要不会得乳疮，他母亲立刻声明，说坚决不会替我揉的，我只好自己来揉。就这样，洗着尿布，吃着煮白菜，听他在电话里跟我发脾气，自己揉着自己的乳房，我觉得在孤岛上待不下去了。我要抱着儿子回中国，把儿子抱到我妈的骨灰前……"

李选用纸巾揩泪水，突然有些茫然，心想自己怎么会跟曾铖说这么多呢，像一个祥林嫂。这些话她很少跟人说。此刻汹涌而来，是为了什么？也许，曾铖说得对：岁月本身就给了人无中生有的依据——大家小时候就认识，这一点突然变得非常有说服力。

曾铖默默不语。他一直在吸烟，李选这才观察到，他的烟瘾这么大。

李选说："不说我了，说说你吧。怎么跑到成都去了？"

曾铖说："大学毕业分那儿去了。本来想待段时间就离开，结果却娶妻生子，给留到那儿了。"

李选说："那现在为什么又鳏寡孤独了？"

曾铖似乎不大愿意说自己的事，他说："其实不幸的家庭也大多雷同吧，不就是尿布、白菜、乳疮这些令人伤感的玩意儿。"

　　李选也无语了，自己喝下去半杯啤酒，又替曾铖满上。一旦沉默下来，李选的心里就有些隐隐地不安。但是这种不安源自什么，她却一下子找不到根据。

　　曾铖开口了，问："他舍得不要自己的儿子？"

　　李选说："舍得，这个男人不大顾忌这些。"

　　曾铖说："哎李选，不会这孩子不是人家的吧？"

　　李选说："讨厌！"

　　曾铖可能也觉得自己有些离谱，正色说："是不是他在外面有女人了？"

　　李选很有把握地说："不会。这点我确信。怎么说呢？他不是那种很会讨女人喜欢的男人，不像你。"

　　曾铖说："怎么跟我比？我也不会讨女人喜欢。不过我想，你们分开得这么坚决，也许就是因为彼此都太清白了。"

　　李选说："什么逻辑你？"

　　曾铖说："你看李选，人这种东西就是这么奇怪，彼此为对方不安，反而会成为纽带。你想一想，如果他在外面有女人，你会这么甘心跟他分手吗？"

　　李选想了一下那种状况，好像想象不出来，与此同时，她发觉了自己此刻不安的根源。李选想到了张立均。她拿起手机看了看，竟然已经快子夜了。之前她的手机一直放在餐桌上，她似乎一直在等待着什么。现在她知道了，自己是在等待那种"神秘短信"。李选有种预感，觉得今晚那种短信一定会再次出现。但是手机却一直安静着。

曾铖看到她看手机，也意识到时间不早了。他突然有些颓废，本来全神贯注的那张脸像是被什么力量篡改了，变得涣散而迟钝。他说："撤吧咱们。"

结账的时候李选坚持让她来，曾铖安静地默许了。两个人走到街上，雨雪依然在下，远处的霓虹透过雾气有种很哀愁的格调。他们置身的这条街道很冷清，但还是有些热闹的喧哗隐约传来。曾铖不知什么时候围了条围巾，把脖子裹得严严实实。从酒店出来的时候，李选好像没看到他围着围巾。两人站在路边等车，谁都不再说话，有种难言的落寞从李选的心头爬起。她嗅到曾铖的身上有股涩涩的气味。出租车很难打，过来过去，都载着客。这挺奇怪的，按理说这个点数不应该这样，可能和平安夜有关吧。李选说，往前走走吧，也许前面情况好些。曾铖默默地跟着她往前走。李选觉得有些冷，雨雪像纱一样蒙在脸上，让人有了彻骨的寒意。她说，怎么样曾铖，下次回来还找我吗？曾铖说，找，很快就春节了，春节前我就回来。李选说，祝你明天一路顺风，在北京过得愉快。曾铖说，好，谢谢你。两个人走出很远了，依然等不到空车。李选吸了口气，说，再等三辆，要是还坐不上，今晚就不回去了，陪你在酒店喝酒。曾铖说，好。结果紧接着就来了一辆空车。是曾铖先看到的，他很踊跃地跑了两步，在路当中替李选将车拦了下来。李选上了车，对曾铖说，拜拜。刚开出十几米，就遇到了红灯，车停了下来。李选回头张望，看到了这样一幕：曾铖背对着她，伸展双臂，以一种梦幻般的滑行姿态与她背道而驰。路面可能结冰了，曾铖在滑着走，有点儿游戏，有点儿孤单。他必然地趔趄了一下，继而又滑行起来。在这个瞬间，李选觉得心里痛楚，爱上了曾铖。

李选的家在西安城西三环以外，在李选心里，这一路从来没有像今晚这样漫长。她一直握着手机，很想给曾铖打个电话。于是，当曾铖发来短信时，她的心一下子就跃动起来：到家给我个信儿。李选回：好。你好好休息，别抽太多烟，你烟抽太多了。曾铖回：好。李选回：今天开心吧？曾铖回：开心。但是又有些说不出的难受。李选回：怎么呢？我挺开心的，这么多年没见了。曾铖回：嗯，你开心就好。李选回：你也要开心点儿。

当这条短信进来的时候，李选下意识地以为还是来自曾铖的：回家没？她回道：还没到。回完之后，李选才醒悟过来，这条短信竟是张立均的号码。李选感到自己立刻窒息了。随后万籁俱寂，这个世界和她彻底失去了联系。无论是曾铖，还是张立均，或者是某个"她"，都集体沉默了。

到家后儿子还没睡，缩在被窝里眼巴巴地等着她。李选刚要训斥儿子几句，儿子却说："妈妈我想你，刚才我一想你，就闻一闻你的衣服。"

眼泪立刻汹涌而出，李选胸中所有的难过似乎都因为了儿子的这句话找到了正当的出口。

四

和李选一同去上海的还有公司的另一位副总，叫苏建亚，比李选年轻，三十岁出头，李选平时叫他小苏。

到了上海，对方是家做建筑保温产品的公司，工厂在浦
江镇。所谓培训，就是给李选他们讲解产品的性能、施
工方式，并带着他们参观工厂。前后安排了一周的时
间，李选觉得时间有点儿长了。每天用在培训上的时间
顶多两三个小时，其余的时间基本上无事可做。浦江镇
距离上海市区比较远，所以李选也懒得出去转转。

　　李选大部分时间待在酒店的房间里，百无聊赖，脑
子里不免经常想着曾铖。和曾铖短暂地见了一面，李选
觉得有些事情既好像开了个头，又好像结了个尾。让她
萦绕于怀的，似乎不是两个人之间发生了什么，而是这
一切正在发生的方式。李选给曾铖发短信，问他在北京
是否愉快。曾铖回说还好，让李选感到他似乎怏怏的。
李选告诉曾铖她在上海。曾铖说，要不，我再到上海转
次机？李选发现，曾铖和她天各一方的时候口无遮拦，
但见了面，反而不太信口开河。比如，当着面，他根本
没再提"干脆凑一块儿过日子"这茬。两个人现在一个
在北京，一个在上海，曾铖又恢复了他的腔调。他在短
信里问李选，咱俩也算是见面了，非但鳏寡孤独，而且
各自身无残疾，算是相了次亲，怎么样，能一块儿过
不？身在异地，让李选的情绪少了些现实的约束，面对

曾铖的这些话，就放任自己做了些非现实的憧憬。李选真的想象了一下，和曾铖"干脆凑一块儿过日子"会是怎样的状况。在李选的想象中，曾铖这个男人具备一个好伴侣的指标，唯一的缺点是——他太多情了，像《北京爱情故事》里的那个男主角。而这唯一的缺点，就足以抹杀其他所有的指标。这么想着，李选又觉得自己有点儿傻，好像真的在挑选着丈夫一样。

　　第三天的晚上，李选忍不住给曾铖打了电话。接通后，手机里响起很嘈杂的音乐声。曾铖大声嚷嚷，大点儿声，李选你大点儿声！李选说，曾铖你干吗呢，这么吵？曾铖喊道，在酒吧里！李选不由自主也喊了起来，那你玩儿吧，没什么事！挂了手机，李选感到有些委屈，好像自己现在一个人寂寞地待在酒店里，而曾铖却在花天酒地，就是辜负了她。这不是荒唐嘛！李选在心里批评自己，承认说到底曾铖现在还是一个和她没有丝毫瓜葛的人。正准备冲澡，房间的电话响了起来，李选接听，原来是住在隔壁的小苏。小苏说，李姐你还没谁吧？李选说，没呢。小苏迟疑了一下，提议道，要不咱俩下去喝点儿什么？李选想想就同意了，进卫生间补了补妆。

　　到了楼下，小苏已经等在大堂里了。小苏很挺拔地站在一棵盆栽的棕榈树旁，看到她，脸上露出殷勤的笑。这家酒店里有清吧，他们进去找了位置坐下。小苏征求了李选的意见，给她点了咖啡，自己则要了啤酒。小苏一边喝啤酒一边叹气，说，真的很无聊，李姐你也很闷吧？李选说，我还好，在家除了上班还得照顾儿子，现在只当休假了，倒是你们年轻人热闹惯了，一下子可能受不了冷清。小苏说，哈，李姐，别这么老气横秋的，你也很年轻呢！李选说，比起你我就不算年轻了。小苏说，我不这么觉得，真的，有时候我还觉得你比我小呢。李选笑道，小苏你是不是觉得女人都比你小啊？小苏正色说，绝对不是，我只觉得美女们都比我小，李姐你就是一个标准的美女。李选平时在公司里人缘不错，偶尔也和同事们开开玩笑，但小苏现在这样的表现，还是让她有些惊讶。难道，人一旦少了环境的约束，都会变得有点儿想入非非？李选说，那你喊我李姐干吗？小苏说，《红楼梦》里的贾宝玉，也是把所有美女都喊姐姐的，这个称呼和年龄没有关系，是爱称。李选差点儿笑出声，心想，完了完了，这个小苏失心疯了。李选建议道，要不小苏你明天玩儿去吧，我守在这儿就行了。小苏叹息着说，那怎么行，你知道吗？就是因为这次你来上海，我才申请一起来的。李选说，真的吗，为什么？小苏更悠长地叹息了一声，是一切尽在不言中的意思。李选想，这个小苏如果知道她和张立均的关系，还会这么叹气吗？一想到张立均，李选的情绪就有些失控，下意识摸出手机翻弄着。小苏也不说话了，长吁短叹地喝着自己的啤酒，但是眼睛一直看着李选，眼神可以说是含情脉脉。李选被他看得不自在，借口去洗手间离开了一会儿。离开小苏的视线，李选站在一扇屏风后面深深地呼吸。旁边的窗子开着，夜晚潮湿的空气吹进来。一缕古筝和着笛子的丝竹声若隐若现，缓慢、婉转，断断续续地带着些回音。李选用手机再次打给曾铖。曾铖在嘈杂的音乐声中大叫，李选你别挂，我出去跟你说！李选能够听到曾铖脱离那个环境的过程，一度手机里的噪音又升高了，可能是曾铖跑过了喧哗的中心，紧接着的安静突如其来，好像世界陡然翻转了一周。

曾铖说："李选你还在听吗？"

李选说："在听。"

曾铖说："我想问问，想好几天了。那天分手后，我觉得有个问题一直挺困扰我的，可一时又想不清楚是什么问题，心里总不踏实，脑门都想破了，好像总有个疑问悬而未解。"

李选说："曾铖你喝多了吧，说话颠三倒四的。"

曾铖说："咦，我喝酒了你都知道？"

李选不作声。

曾铖说："喂，喂！李选你没挂吧？"

李选说："没。"

曾铖顿了顿，说："你等会儿，我得找棵树扶着点儿。"

过了半晌，曾铖一字一顿地说："就是在刚才，我突然想出来了，那就是——李选你干吗还随身带着那个韩国人的照片？"

李选怔住了。她没想到曾铖会问这个，而且更是被曾铖问得自己都有些吃惊。是啊，干吗还随身带着那个韩国人的照片？没道理的，只有李选自己清楚，对于那个男人，她的心已经死到什么程度了。李选回国后，那段婚姻又维持了三年，前夫在东北做生意，偶尔来一趟西安。其间有一次，前夫前脚刚走，李选就发现自己又怀孕了。她在电话里告诉了前夫，不料对方开口就说，不可能！这话可是真伤人。李选说怎么就不可能呢？前夫还是一口咬定，不可能！李选说，好，你奶奶的，不可能是吧？我把这孩子生下来，做完鉴定，咱就离婚！过了段日子，前夫打电话来，说，还是去做掉吧。结果当然还是把这个孩子做掉了，但不需要做什么鉴定了，李选仍然坚决地选择了离婚。

曾铖在手机里喊："喂，李选？"

李选说："听着呢！"

曾铖说："怎么不说话呢？"

李选说："说什么？我自己也不知道，正想着呢！"

曾铖说："不用想了，潜意识，这是潜意识。李选你潜意识里可能还在惦记那韩国男人。"

李选被他说得没了把握。难道，自己真的这么"潜意识"着？她说："就算是吧，曾铖这点儿事值得你想破脑门吗？"

曾铖像发表宣言，回答得掷地有声："当然值！我嫉妒了！"

李选说："真是喝多了你。少喝点儿！"

曾铖说："你别说我喝多了。"

李选说："好好好，你没喝多。我挂了啊，我同事还在等我呢。"

曾铖说："肯定是男同事。"

李选说："是。"

曾铖说："罗敷，你这个罗敷，伤着我了。"

李选叹口气，"唉，曾铖你真的太容易受伤了。"怅然挂断了手机。

走回座位，小苏依然还是一副含情脉脉的神情。李选说她困了，上楼休息吧。小苏顺从地跟在她后面，在电梯里依然通过镜子认真地看她。李选被他看得有些恼了，愠怒地说，小苏你眼睛直啦？孰料小苏很有风情地应道，嗯！李选无奈地摆摆手，出了电梯自顾往房间走。小苏的房间和她挨着，但却是过门而不入，一直尾随在她身后。李选开了房门，听小苏说了声"李姐晚安"，心里的石头才落了地。房门在身后关住，李选靠在门上，一瞬间竟是万念俱灰的滋味。

第二天观摩产品流水线的时候，小苏低声对李选说，李姐我昨晚上喝多了——其实是晚餐的时候就喝多了，你别生气。李选想起来了，昨天晚餐招待方的确是灌了小苏不少酒。穿着连体工装的工人在身边走来走去。李选莞尔一笑，说，生什么气，小苏你别多想。小苏如释重负地耸耸肩膀。好像是约好了似的，曾铖这时候也发来一条短信：李选昨晚上我喝多了，跟你瞎闹了吧？别介意。但是对于曾铖，李选却不想莞尔一笑。她本来没什么，被曾铖这么一提醒，反而感到有些气恼。闹什么闹啊，这些男人！李选在心里暗自发脾气——都把自己当"使君"啦？没接到李选的回复，傍晚的时候曾铖又发短信过来了。是一首诗：

　　亲爱的，把我的心也拿去洗一洗/它悬空太久，孤单，痛/积满水火未济的灰烬/你务必把它洗净/亲爱的，洗净后请把我的心/放在你的心上晾晒/晾晒时间不能少于后半生/也就是从晾晒之日至心跳静止/亲爱的，当你把我的心拿走/就像拿走一件自己的衣服/从心跳的加速中我听到了渴望/那种由圆到缺的声律启蒙/亲爱的，把心放在水火之中再从心启动/万物天生一颗爱美之心/我爱你是因为你符合我的审美/你爱我是因为命运的安排

　　这时候暮色四合，斜阳温煦地洒进酒店的房间里。曾铖伸展双臂，以一种梦幻般的滑行姿态背道而驰的样子浮现出来。李选觉得她似乎看见了——这个曾铖，的确

悬空太久，孤单，痛……他都经历了些什么？李选对艺术不是很能理解，但是，即使以那种《北京爱情故事》的方式来感受曾铖，她也能够被这样的一个男人打动。

离开上海的前一天，李选和小苏结伴去了上海市区。小苏在上海有位读研时候的同学，一定要请他们吃顿饭。这位同学姓王，开车带着自己的妻子和女儿专门来浦江镇接他们。接受这样的款待，李选完全是出于礼貌。饭桌上，小苏和他的同学开怀畅饮，王同学的妻子很贤惠，说，既然是老同学，就放开喝好了，回去她来开车。王同学的女儿也是四岁，和李选的儿子一样大，李选挨着小女孩坐，一直逗孩子玩。两个男人喝得很热闹，李选注意到了，他们不时用眼睛心照不宣地看自己。

被送回浦江镇的时候，已经很晚了。大家在酒店外面告别，王同学醉醺醺地趴在车窗里叮咛李选，李总你照顾好小苏啊！拜托啦！小苏的确醉得不轻，李选不扶着他，他便要就地不起的架势。李选勉力支撑着，尽量保持微笑，向着车里摆了摆手。好不容易进到电梯里，小苏依着李选，傻呵呵地笑，说，李姐，我同学把你当我女朋友啦，还问我你比我小几岁呢！这话不像是假话，被人看得那么年轻，李选心里还是有点儿高兴的。但是小苏的这个状态，实在又让她感到讨厌。将小苏扶到房门前，李选从小苏口袋摸出了房卡，打开门把他弄进去。小苏跌进床上，趴着央求李选，李姐你别走，帮我弄口水，我渴死啦。李选皱着眉去冰箱里替他拿了罐可乐，刚递在他手里，就被他拽着不放了。李选甩手说，小苏松手，别闹了！小苏撑起身子，想要表达什么，手机却响了起来。于是小苏开始摸自己的口袋，摸来摸去，像捉一只啁啾着的麻雀似的，把自己的手机捉了出来。他看一下手机屏幕，笑嘻嘻地对李选说，老大，是老大。说着他炫耀地按下了手机的免提功能。

张立均的声音在房间里响起来："明天机票订好了吧？"

小苏直着舌头说："订好啦！"

张立均说："突然想起个事，明天走之前，你买份礼物给人家留下。"

小苏说："董事长放心，我也是懂事的，嘿嘿，这个我早想到了，已经办妥了……"

张立均声音沉下去："你喝多了？"

小苏说："和老同学喝了两杯，不多。"

张立均说："那早点儿睡吧，明天一早给我电话。"

小苏说："好，好的。李姐你帮我记着点儿——明早让我给董事长打电话。"

李选一直听着，此刻心里响亮地惊呼了一声。

张立均缓慢地问道："李总在你身边？"

小苏说："在，董事长你跟李姐说话不？"

小苏醉眼蒙□地瞪着自己的手机，但是李选知道，张立均已经挂机了。

回到西安的第二天，小苏就被集团解雇了。李选站在自己办公室的窗前向下俯瞰，从十九层楼的高度望下去，小苏就像一只微不足道的蝼蚁。他上了自己的车，歪歪扭扭地开了十几米，突然冲上路面，像一头疯狂的野牛疾驰而去。李选抱着自己的肩膀，忍不住微微战栗。这个事实有力地释放出来的那个信号，令李选感到了震惊。她看到了，张立均能够这样不由分说地毁掉一个人的生活。正在唏嘘，办公桌上的电话响了，张立均在电话里简短地说，下午过来喝茶。

中午李选没有下去吃饭，心思纷乱地躺在办公室的沙发里。张立均的态度让她没了主意。她从未像现在这样清楚地认识到——自己是张立均的附庸。她依靠他，于是他支配她。这一切是能够改变的吗？现在的李选，害怕重新变得心如死灰，大半年的好日子，反而让她变得软弱了。她觉得自己的人生经不起颠簸了。这时候她就想起了曾铖。想起了曾铖，好像立刻又有了选择。即使以最世俗的标准来衡量，如今的曾铖也是一个说得过去的男人。李选在网上搜过，曾铖的画儿，最高卖过近百万。重要的是，李选认为自己已经爱上了曾铖。李选在手机上翻看着曾铖发来的那首诗，眼泪不禁夺眶而出。她由衷地觉得自己爱上曾铖，真的是命运的安排，于是急迫地给曾铖发短信，问他：曾铖，我真的符合你的审美吗？曾铖回复得很快，但她还是觉得太慢了。曾铖问：什么？她回：你发来的诗啊。曾铖回：诗？我发你诗了？她将那首诗发回给曾铖。曾铖半天回道：天啦！居然跟你演这出，喝多了喝多了，李选你不许笑话我！一瞬间李选的心就冷了。也许曾铖真的是喝多了才发来的这首诗，但这么长的句子，滴水不漏，显然不是一个喝多了的人能在手机上做到的。那么，这是别人发给曾铖的，曾铖不过是转发了一下……

可是李选却不怎么恨曾铖。这原本就只是一个将近三十年没见过面的小学同学——李选几乎是很平静地回到了常识里。尽管她心痛。她有些怜悯曾铖——这个男人，悬空太久，孤单，痛，真是太不靠谱了。

下午三点多钟李选去了尔雅茶舍。张立均早到了，蹲在一盆小叶栀子花前用喷壶给花喷水。李选坐在惯常的位置上，喝着惯常的祁红。张立均一边侍弄着盆景，一边问了几句她在上海学习的情况，对她说翻过年她就需要忙起来了，建筑保温材料这部分业务，集团要求她完全负起责任来。这本来是正常的工作部署，可李选却感到是生活正在向她索要应该支付的成本。李选应着声，过了一会儿，她装作不经意地问起了小苏被解雇的原因。张立均站起来，拍拍手，回到茶台前喝了口茶，说，我不喜欢公司同事之间姐姐弟弟地称呼。李选突然执拗起来，挑衅般地说，可是公司里比我小的人都叫我李姐。张立均不看她，说，那以后别让他们这么叫了，我是让你去做副总，不是让你去做李姐。在一家正规的企业里，这一套不合适。然后张立均补充道，你能想象吗，微软公司的人都把盖茨叫盖哥？这句话挺逗的，但是李选一点儿也笑不起来。又坐了一会儿，张立均起身说，走吧。

李选被张立均带到了附近的一家酒店。张立均去停车，李选一个人先进去了。张立均在车上把房卡交给了她。虽然只来过不多的几次，但李选已经是熟门熟路。这套客房常年供张立均一个人使用，里面多了些他的私人物品，茶海，拖鞋，几本商业人物的传记，还有几只陶罐。李选把门给张立均留着，自己进了卫生间。没有关闭的房门发出嘀嘀的警报声，李选置若罔闻，脱掉衣服，把脑后绾住的头发披散下来。打开淋浴，莲蓬头的热水堪称滂沱。李选面对着墙壁，让水花从头到脚地在自己身上奔流。张立均上来了，她听到房间的门被重重地关闭上。过了一会儿，张立均进了卫生间，从身后抱住了她。李选没有回头，用手捂着自己的脸，让水流漫进嘴里，再轻轻地吐出来。张立均一动不动，双臂从身后环抱在她的腹部。过了一会儿，李选让出位置，让张立均站在了水流中，自己裹起一条浴巾出去了。这条浴巾是紫色的，显然不是酒店的物品。但是李选不能确定，自己就是唯一使用它的女人。她站在房间的床边，用这条浴巾揉搓自己的头发。张立均的衣服搭在一把椅子上，写字台上扔着他的钥匙包，钱夹，还有手机。有双无形的手在操控着李选，让她向着那只手机走去。她一点儿也没有感到紧张，以一种梦游般的姿态翻看着这部手机里的内容。这样的一幕曾经出现在李选的想象中：卫生间里传来哗哗的水声，一个女人用两只手（是的，两只手）握着手机……她打开了手机短信的收件箱。里面的内容无比繁杂，像阳光下投射出的影子，它的主人永远摆脱不掉的那部分东西，都呈现了出来。商场的阴暗倾轧，情场的虚与委蛇。一切那么云谲波诡，一切又那么稀松平常。李选迅速地浏览着，像是在检索张立均生活的底牌。终于，当她看到那几条内容时，仿佛如梦初醒，被自己的行为惊吓得几乎要失声尖叫。她像扔掉一条蛇似的扔下了这只手机，继而赤身蹲在地上，将头埋在膝盖上，紧紧地抱住自己的双腿。

正准备睡，已经上床了。你喝多了？

昨晚喝多了？

没呢，在跟同学聊天。

……

五

　　曾铖春节前回到了西安。这次他先联系了雷锋。雷锋打电话给李选，兴奋地说："李选，曾铖回来了，我俩现在在一块儿，晚上一起吃饭！"

　　李选说："今晚可能不行，集团今晚开年会。"

　　雷锋说："开什么年会，没劲！老同学见面比那重要多了。"

　　李选说："雷锋你站着说话不腰疼，你现在自己做神仙，我可是个凡人，人在屋檐下呢。"

　　这个年会是很重要，起码被张立均强调得很重要。张立均通知各个部门和分公司，说这是对过去一年的最后总结，也是对于未来的展望，没有充分理由，任何人不得迟到早退。

　　雷锋说："什么屋檐，大家都不是活在野地里的，我也活在屋檐下。"

　　李选说："你是活在四百多平米的屋檐下，或者是活在美国的屋檐下。"

雷铎从小就是学习尖子，一路被保送着读完了博士，其后成了国内最早涉足互联网的那部分人，在国外待了几年，如今住在西安，拿着美国绿卡声称自己已经提前退休了。

雷铎嘿嘿笑了一阵，说："你还是争取过来吧，能早点儿溜出来最好，我们等你。"

但是李选早不了。年会开始的时间在晚上七点，勉为其难，李选还报了个节目，她翻看制作好的节目单，自己的节目被安排在靠后的位置。李选想，要不自己就不过去了。她知道曾铖已经回来了，两人之间一直保持着短信联系——往往是曾铖在夜里发短信跟她说些比较煽情的话，第二天又懊悔地道歉，说他不记得了，一定是喝多了。渐渐地，在李选心中，曾铖都快成一个酒鬼的形象了。李选被他弄得有些无奈，也有了麻木感，好像也习惯了他的这种风格。但是李选并不反感曾铖，她承认，曾铖对她有种无法解释的吸引力，尽管也常常带给她某种无法抗拒的忧愁。

晚上的年会包在一家温泉山庄举行。集团的高层们围坐在张立均身边。本来李选不太适合跟他们坐在一起，她不过是子公司的一个副总，但是张立均示意她坐了过去。由于派发了年终奖金,上上下下都很高兴,上台表演节目的人都铆足了力气。气氛很热烈,好像一切真的是在蒸蒸日上。李选却心事重重。她不断地看手机,因为曾铖不断给她发短信:快来。你快来。快点儿李选。我们吃完了,在喝茶。雷铎也发短信催她,告诉她具体的地点。李选坐卧不宁的样子被张立均看在了眼里。他坐在她的右侧,不时回头不动声色地扫视一下。轮到李选上台的时候,已经快九点了。她唱了首《因为爱情》。当唱到"因为爱情怎么会有沧桑,所以我们还是年轻的模样"时,她不禁哽咽。她一只手握着麦克风,一只手攥着自己的手机。手机在轻微地震动,表明有新的短信进来。这一刻,李选像所有女人一样,在岁月面前百感交集。她的嗓音一般,但唱得如此动情,所以就博得了热烈的掌声。在掌声中,李选走下舞台,匆匆回到自己的座位,拿起自己的包,匆匆离去。掌声依然在持续,所有的人都在用目光追随着她。李选为自己的这种义无反顾感到骄傲。她想她做到了,她在心里问,曾铖,我听从了你的召唤,妈的你看到了吗?当她一走出年会的现场,不禁就像飞奔一样地跑了起来。

刚刚发动起车子,张立均的电话就打来了:"你什么意思，大庭广众的！"

李选调整着自己的呼吸，说："董事长，我有自己的自由吧？"

张立均一时语塞，似乎也调整了一下呼吸："好吧，你好好的。"

他的口气令人费解，仿佛换了一个人。李选迷惘地开着车。她不明白，这个男人都是为什么。她从他的手机中看到了那些短信，而那些短信，张立均否认自己接到过。反过来说，深夜再三出现的那些"神秘短信"，也是张立均发的。他想要什么？为什么要如此捉弄人？他这是怎么了？李选觉得这一切太玄奥叵测，像是用什么柔韧的材质在她的周围织就了一道罗网，而她刚刚的率然离席，就带着一股破茧而出般的激情。

但是到了地方，一切却平淡得令人气馁。曾铖和雷铎倚在沙发里，看到李选，像是看到了一个茶楼的服务生。还有一个挺胖的女人坐在曾铖的旁边，李选一眼就认出了她是李兰。李兰很热情地过来拉起李选的手说，猜猜我是谁？李选也热情地说，李兰，你是李兰。于是当年的两个女生做出亲昵状。雷铎干涉道，李选你坐我身边儿。李选说，为啥？雷铎分赃似的讲出他的道理：你看，咱们四个小学同学，上了初中就分道扬镳了，曾铖你跟李兰上了同一所中学，把你的人弄走；李选咱俩上了同一所中学，你是我的人。李选嗔道，谁是你的人？说着她看了眼曾铖。曾铖可能之前喝酒了，脸有些红，神情漠然。李选心里有些不快，忽然觉得自己手机短信里那些火热的召唤并不是出自这个人之手。

雷锋指着曾铖问李选："这人是谁？"

李选平静地说："是曾铖吧，还是老样子。"

曾铖说："李选你也还是老样子。"

雷锋揭发说："什么老样子，弄得跟铭记在心似的，曾铖你不是说记不清李选长什么样了吗？"

曾铖说：　"现在一见就记起来了，这人刻在我心里。"

李选有些紧张，觉得曾铖还是木然一些好。她怕他继续说出什么离谱的话。李选坐在了雷锋的身边，问道："你们喝酒了？"

雷锋说："我没喝，他俩喝的，而且基本上算是李兰喝的。曾铖喝得还没李兰多。"

这时候服务生进来问李选喝什么茶，李选随口报出了"祁红"。

　　大家开始说起一些童年往事，继而说起了各自的现状。雷锋说他不喝酒，是因为有"造人"的重任在身，年近不惑，他现在迫切地想要孩子了。李兰避而不谈自己的家庭，说了阵自己买房子的事。雷锋对西安的地产界很熟悉，给了她一些建议。当雷锋把话题引向李选时，李选叫道，雷锋你别那么嘴快，我的事儿对外保密。这时候曾铖开口说，那李选你把我们当外人了。李选说，也不是，是那些事儿鸡毛蒜皮，无足轻重。曾铖低头像是自言自语了一句：真的是无足轻重吗？说完他就不吭声了，又点着一根烟。他抽烟抽得太凶，几乎没有间隔。李选看到他身边的李兰很自然地把这根烟从他嘴上摘下来，在烟缸里摁灭了。接着又说了说其他同学的现状，一边说，一边各自联络能够联络上的。渐渐有了共识，大家找时间正式聚会一次，地点就定在雷锋家——雷锋家宽敞，楼上楼下有四百多平米。整个气氛有些小小的激动，又有些隐约的索然。

　　坐到快十二点，四个人从茶楼里出来，雷锋拉着曾铖去找人打牌，李选说她送李兰，李兰却说自己家就在附近，过了街就是。这家茶楼在一条仿古街里，车子不让开进来，他们一起往巷子外走，雷锋和曾铖走在前面，李选和李兰走在后面。两个男人在前面勾肩搭背的，两个女人并肩走着，却都感到无话可说。李选看着曾铖的背影，内心似乎突然有所期待。真的是很神奇，当这种期待的念头刚刚生出，李选就看到前面的曾铖甩开了雷锋的胳膊，伸展双臂，沿着路面薄薄的积冰，以一种梦幻般的姿态滑行起来。李选自己都没有觉察地笑了，有种欣慰之感。身边的李兰轻声说，这个曾铖，永远是个没长大的孩子。李选注意打量一下李兰，路灯下李兰的影子都显得沉甸甸的。李选想起了曾铖说过的话：曾经那么轻的一个女生，被岁月弄成了这么重，难道不令人心碎吗？而且，这种分量的改变是跟我们同步的，由此及彼，我们就看到了我们的不堪……

可不是吗？

李选的车刚开到自家楼下，曾铖的电话打过来了。

曾铖说："李选你不高兴了吧？"

李选熄了火，坐在黑暗的车里不言不语。她是感到不愉快，但还没有到生气的程度。她赶去见了这几个人，性质上都有些义无反顾的意思，结果去了之后，曾铖却完全是一副视而不见的态度。对此，她也难以指责什么，因为她难以想象，如果曾铖不冷漠，又会是怎样的局面。毕竟，大家都是这样的年纪了，已经羞于当着别人的面再去炽热地表演。

李选说："嗯，不高兴。李兰挺高兴的吧？"

曾铖说："她高兴什么？"

李选说："又见着你了呗。"

曾铖说："那你也是又见着我了。"

李选说："我不一样，我又不会把你嘴上的烟拿走。"

说完这话李选有些后悔，问道："雷铎不是拉你打牌去了吗？"

曾铖说："我没去，没心思。"

又说："我的心思全在你那儿。"

李选说："在我这儿怎么见了又不理我？"

曾铖沉默了一会儿说："李选我想你，我就是想看看你。"

他的语气让李选想到了自己的儿子。李选觉得曾铖说的这句话，就像她儿子的那种语气——妈妈我想你，刚才我一想你，就闻一闻你的衣服。李选的心柔软了。她打开拉手箱摸出一包烟，给自己点着了一根。李选平时不抽烟，只在心情特别不好的时候才抽一根。

李选闭着眼睛说："曾铖我问你个事儿。"

曾铖说："嗯。"

李选尽量让自己的声音不显得那么愚蠢，她说："我有个女朋友，在一家公司做事，她的老板对她不错，两个人也上过床——但并不牵涉感情。后来这个老板突然经常在夜里给她发短信，但又否认是他发的。他这么做，是为什么？"

曾铖好像也点了根烟，李选似乎可以嗅到烟雾从他那里弥散而来。

曾铖说："我想，这个男人是为了得到她吧。"

李选说："可他已经得到了。"

曾铖说："我们说的不是同一个概念。他想得到她的感情，你说了——这两个人不牵涉感情。"

李选说："通过这种方式，他就会得到她的感情了？"

曾铖说："有可能的。这是邪恶的游戏。那个女人因此会臆想，会揣测，甚至因为臆想和揣测而嫉妒，会生出怪异的热情，变得跃跃欲试，因为她会被谜面所吸引。"

李选深吸口气，被烟呛得轻微咳嗽了一下。"那么，得到了她的感情，他又能如何呢？他绝对没有让她做妻子的愿望——她也从来没这样指望过。"

曾铖说："但他会有满足感。这种满足感，远远大于肉体给予人的满足。"

李选说："仅仅为了自己的满足，就玩弄出这样的花招？这么做，不可耻吗？"

曾铖沉吟着说："我觉得这个男人可以被原谅，他可能也很孤独。"

李选有种空洞的愤怒："凭什么原谅他，他这是在捉弄人！"

曾铖说："那个女人一定很漂亮——而万物天生一颗爱美之心。"

李选觉得一下子无力了，嗫嚅着问："难道一个女人漂亮了，就应当被这样捉弄？"

曾铖说："从某种意义上讲，这就是一个漂亮女人的宿命。你是一个罗敷，就要面对纷至沓来的使君，你让人踟蹰，自己也要踟蹰。"

李选虚弱地自辩："不是我，你别往我身上扯……"

曾铖不作声，过了很久，他说："李选我想看到你。"

李选说："你在哪儿？没回家吗？"

曾铖说："就在家门口。"

　　曾铖没有像李选想象的那样站在深夜的街头。他父母家的对面有一家不大的酒吧，李选到了的时候，曾铖已经喝掉了半打啤酒。太晚了，酒吧里很冷清，除了曾铖，只有一对看不清男女的客人坐在暗处的角落里。曾铖没有脱外套，给李选的感觉就是"悬空"着的。那样子，就好像他跟摆在他面前的那些啤酒瓶，那些蒙上水汽的玻璃窗、挂在墙上的轮胎、海报、爆米花机，等等，完全没有一点儿关系。李选在曾铖身边坐下，曾铖的手揽一下她的肩膀，她就依偎在了曾铖的肩头。李选说，你看上去不大好。曾铖说，是。又说，你好像也不见得比我好到哪儿去。李选的眼眶中噙满了泪水。她说，曾铖，我苦。曾铖说，我知道。李选说，你不知道。曾铖说，我知道，你都告诉我了，尿布、白菜、乳疮……李选拼命地摇头，说，不是这些，不仅仅是这些，能说出来的，其实都不是真的苦。曾铖说，嗯，我知道，所以我不对你说我的事儿。李选抚摸着曾铖的脸，他的脸很烫。如此贴近地看，他的脸似乎完全变得陌生了，显得多么疲惫和衰老。李选说，你不说我也知道。

曾铖说："大家都是从苦里熬出来的，像熬成了药渣的中药。"

李选说："差不多。我三十多岁才嫁人，就是因为之前……"

曾铖说："李选你不要说，我不想听，听了只能让我不安。"

两个小学时候的同学在这一刻像一对多年的挚友枯坐在浩大的岁月面前。这也许就是他们邂逅的全部意义和价值。他们喝着酒。李选的手机不时发出震动。起初她还看一眼，后来就不看了。她向曾铖问起了那首诗，问他真是酒后发来的吗？曾铖避而不答，说那首诗其实挺庸俗的，却有一句打动人心——万物天生一颗爱美之心。他说这是以一当百的借口，也是以一当百的理由。李选上了趟洗手间，她有种很强烈的错觉，那就是回来后她就看不到曾铖还坐在那儿了。

后来李选问："曾铖你也是那样的男人吗？"

曾铖说："哪样？"

李选说："为了满足什么就去捉弄女人。"

曾铖说："其实，当男人捉弄女人的时候也是在捉弄着自己。"

李选说："曾铖你还相信爱情吗？"

曾铖说："我对你说过，我不信了，但我要求自己必须还得一次一次地去信，没有了这种相信，我们会活得更加糟糕。还能试图去爱，会让我们显得比较像一根还有被煎熬价值的药材，而不是已经成了可以废弃的药渣。"

李选说："但是我不信了。"

曾铖说："李选你依然渴望爱。"

李选说："也许是。但是过了今夜，从明天起，我就不再允许自己渴望。从明天起，我要做一个废弃的药渣，要告别那些让自己神魂颠倒的煎熬，简简单单地，哪怕是麻木地生活。"

她把此刻与曾铖的会面也当成了一个年会，用以总结过去和展望未来。

曾铖一只手支着头，闭着眼，表示一种沉默的赞同。他说："好吧李选。不过人在渴望着什么的时候，一般会尽量让自己显得瑕疵少一些，尽量让自己显得不那么恶心……"

李选突然失声哭泣。她抽噎着说："可是妈的人就是挺恶心的。"

曾铖并不安慰她，默默地喝着酒。

李选说："曾铖你得逞了，我对你动情了。可我知道，你从没想过和我实质性地去相爱。"

一辆车从窗外驶过，车灯无声地从曾铖的脸上扫过。他捂着自己的脸，呻吟一般地说："可是李选我觉得我爱上你了。"

李选说："使君站在罗敷面前的时候，也会觉得爱上了这个女人。"

曾铖说："分不清了，我已经分不清这些爱与爱之间的区别……"

李选呆呆地说："男人真可怕。"

服务生过来委婉地提醒他们该打烊了。两个人几乎是同时无言地站起来。外面很冷，不知道什么时候下起了雪，街面上一片银白，人行道上的积雪踩上去让脚底有种轻微被吮吸的感觉。开车门的时候，曾铖抢先坐进了驾驶位。他说，他不能允许自己和一个女人坐在车里时，是由女人来开车的。李选说，可是你喝多了。曾铖说，你不也喝多了吗？李选站在车外，一时间，脑海里浮现出这样的画面：曾铖驾车而去，将她一个人扔在了深夜雨雪交加的街头。这幅画面很逼真，但的确没什么意义。曾铖的胳膊从车窗伸出来，打着催促的手势。李选摇摇头，绕过车头上了车。车子启动起来，感觉像是滑行在冰面上。李选想起了曾铖在夜晚的大街上滑着走的样子。李选说，曾铖你永远是个没长大的孩子。雨刮器摆幅稳定地在眼前刮过来，刮过去。他们没有目的地。但仿佛都对要去的地方了然于胸。那也许就是李选所决定的去处——过了今夜，就是药渣的人生。他们为了告别而向前驱动着车轮。

李选说："曾铖你身上有股味儿。"

曾铖说："酒味儿吧，还是烟味儿？"

李选说："都不是。"

曾铖使劲嗅了嗅，说："那可能是松节油的味儿。"

李选说："画画用的吗？好闻。"

车子在这一刻飞快地闯过了一个红灯。车身震荡了一下，有一声闷响。直到驶出几十米后，两个人几乎同时低叫了一声。车子刹住了，曾铖脸色煞白地看向李选。刚刚他的脸上还是通红的。

当他们下车跑向那个倒在远处的一团红色时，李选再次看到了曾铖跟跄滑行的样子。

那的确是一个穿着红色羽绒衣的女人，蜷缩在雪地上，感觉很厚实。曾铖蹲下去看了一眼，有两三秒钟的时间，李选以为他要去抱这个人。但是曾铖又迅速地站了起来，眼睛直视着她。李选在那一刻，看到的是他的脖子上又一次神奇地裹着条凭空而来的围巾。

在这之前和在这之后，李选都不会想到自己生命中居然会有如此镇静的时刻。她捧起了曾铖的脸，踮起脚尖，深深地吻他。她想让他永远记得，她的嘴唇竟那么柔软，让他在这一刻，再次感受女性的嘴唇会那么柔软，给他喻示出所有女性的嘴唇，再次对他启蒙，无以复加，让他其后亲吻着的女人的嘴唇，也就只是嘴唇了……

李选推开曾铖，说："走！"

曾铖呆呆地站着。

李选说："你快走！"

曾铖望着她。

李选说："酒驾，闯红灯，你找死啊！"

曾铖怔怔地说："你也喝酒了……"

李选说："我喝得比你少。"

这当然不是理由。

曾铖呼出大团的雾气。世界被消了音。飘着雪的夜晚弥散着的是一种奔涌的寂静。

李选开始用手机报警。

曾铖歪着头说："李选，你确定？"

李选觉得自己的眼睛都冒出火来了，这一刻她觉得眼前这个人比眼前这件事更可怕。她冲着他声嘶力竭地喊："走！你走！"

曾铖转身走了。走出几步，他伸展开了双臂。

六

曾铖电话打进来的时候，李选在医院里守着昏迷不醒的受害人。这是一个看上去不到二十岁的姑娘，身上找不到任何可以查明身份的线索，没有证件，没有票据，没有手机，仿佛从天而降。她随身只带了一只洗漱包，里面装着甘油、避孕套、湿巾。警方推断这是一名深夜谋生的"失足妇女"。——这个指称让李选觉得极不准确，她觉得这只是一个女孩，绝对不是妇女。同时，

"失足"也让李选觉得，好像是这个女孩一不留神，自己
跌进了这起事故当中。按理现在李选应当待在拘留所
里。但她当天夜里报警之后，紧跟着拨通了张立均的手
机。一切都由张立均去处理了，张立均以他一米八的身
姿站在现实的逻辑里，堪可处理这桩极具现实感的事
件。李选只需要守在医院。受害人的安危将决定这件事
情的性质。这个"失足妇女"被送进医院做了开颅手术
后，已经昏迷了三天。其间雷锋给李选打电话，问她曾
铖出什么事儿了——怎么春节也不陪父母过了，一个人跑
到了海口？李选说，他去海口了吗？我怎么知道他出什
么事了？雷锋说，李选你别瞒我，我看得出来，你跟曾
铖有事儿。李选说，雷锋你别瞎猜，我真的不知道他
的事。

曾铖在电话里问李选："李选你还好吗？"

李选说："还好。"

说着，她看了一眼坐在病房里的张立均。张立均是
刚过来的，这几天他天天会到医院来看看情况。张立均
好像等候着她的目光，他面无表情却又显得饶有兴味地
看着她，就像是一个医生看着一个病人，一个法官看着
一个证人，一个主人看着一个客人。

曾铖问:"伤者的情况呢?"

李选说:"还昏迷着。"

曾铖说:"你告诉我卡号,我打钱给你……这种事,少不了用钱的……"

将这件事情落实在"钱"上,似乎令曾铖痛苦,听得出,在他那种听起来漫不经心的声音背后,伴随着不断的深呼吸。

李选说:"不用。"

曾铖最后说:"你看李选,现在我成一个肇事逃逸的人了。我知道,李选,你不愿让人知道有我这样一个家伙存在——那天夜里,你的眼神告诉我了。那一刻,我感到你将我当成了一个对你有着极大妨碍的敌人。可是我真的想问问你,既然是这样,李选,为什么你还会那么深沉地吻我?"

李选认为自己听到了貌似啜泣的声音。她在内心不遗余力地告诫着自己,冷静,麻木,做一个简单安宁的药渣,那天夜里,你已经与所有的踟蹰做了告别!

李选挂断了手机,向张立均轻松地侧下头,说:"一个老同学,知道我出事儿了,问我需不需要钱。"

说完,尽管竭力不去那么想,但是李选依旧觉得自己陡然平添了一些底气，仿佛成功地在一场竞赛中领先了什么。

张立均揉一下鼻子，不置可否。

这时候病床上昏迷已久的人用一种指控的语气发出了呓语般的呻吟："我看见了，一个男人，一个男人，一个男人……"

须臾间，李选仿佛看到"一个男人，一个男人，一个男人"，络绎不绝，以一种四列纵队般的规模向她走来。他们既像是在被她检阅，又像是检阅着她。

「年 轻 人」

我们经常听到一句话，其实往往就是半句话，只说出这么三个字，便没了下文："年轻人……"什么意思呢？不太好说。半句话的后面，拖着些腔调，可能是喟叹，可能是惋惜，也可能是表示轻蔑和表示不理解。总之含义万千，复杂得很。和我玩得比较好的朋友，差不多都大我几岁，这句话有时候也从他们嘴里冒出来。尽管无论怎么说，我也不该算是个年轻人了，但每次听闻，不由得都会有些别扭。我会觉得他们由此和我隔膜了，把我划到另一个物种里去了。年轻人怎么了？少不更事还是后生可畏？其实都无所谓。谁没"年轻人"过呢？而且，谁都会有这一天吧，一睁眼，发现自己已经老了，不再年轻了，看起来也德高望重了。到了那一天，如果有幸不是一个行将就木的老家伙，多半会认识到吧，将别人视为"年轻人"，滋味也未见得有多好。

这事挺虚无的。还是说说年轻人的故事吧。

姬武和虞搏是两个来自小城市的年轻人，小学就在一个班做同学。后来一同上少年宫的美术兴趣班，再后来，又一同考上了师范大学，来到了省城，读美术专业。本来两个年轻人的志向还挺高，目标是定在北京，定在中央美院这样的艺术学府。但他俩从小厮混在一起，也说不上是谁影响了谁，总之文化课都不大争气，尽管专业挺强，目标还是落了空。

原则上，师范大学是给未来培养师资力量的地方。姬武和虞搏考上的这所师范大学，也不是太拔尖的那种。第一堂课搞学前教育，开宗明义，班主任首先要打消学生们好高骛远的思想。班主任说，诸位不要觉得自己是来做艺术家的，大家的本分是将自己训练成一名合格的中学教师——这同样是一件高尚的事情，值得大家毕生孜孜以求。

话当然是不错，可这本来不错的话听在耳朵里，就让人沮丧了。这帮年轻人，不乏在艺术上很有一些天赋的，就是因为文化课差，才落到现在这么一个不尴不尬的地步。入学之际，对待他们的正确做法，也许应当是安抚大于鞭策，来点心理辅导，给年轻人一点缓冲，一点余地，甚至一点口是心非的鼓励，等缓过劲了，来日方长，再进行必要的教育。孰料校方凌厉得很，不由分说，就是要给他们雪上加霜一下，像是一个下马威。

可不就是一个下马威？校方有校方的态度。相对于这所在师范序列里都不怎么显眼的大学，如果不旗帜鲜明地强调办学宗旨，一味任由年轻人不切实际地做梦，显然也不是个办法。尤其是这帮学美术的年轻人，看看都叫人发愁，还没怎么样，异彩纷呈，一个个的面目就已经光怪陆离起来，如果不严加管束，不干净利落地打击一下，可怎么好？

所以说校方也有校方的苦衷。各有各的理，看你从哪方面说。

姬武和虞搏从小城市来到省城，没有去成梦想中的北京，这算是他们人生的第一个挫折。其实想一想，也没那么绝望。本本分分去做一名教师，不也是很光荣的吗？这个道理挺简单的，但姬武和虞搏却想不通。因为他们是年轻人呗。我也想过，换了是我，在自己年轻的时候，也掉进梦想与现实的落差里，我会怎样呢？没的说，我也要想不通。这就是年轻人，挺简单的事，到他们那儿，就要拧一下，等转过弯，青春也就过去差不多有一大半了。

挺快地，姬武和虞搏，两个读师范大学的年轻人，这一拧，就拧到了大三。

世界此时在姬武心里变了模样。怎么说呢？姬武被拧得狠了点儿，矫枉过正，从艺术之梦中被拧醒，就去直面现实了。那份浪漫的情怀，被姬武从脑袋里斩草除根。这么说，学前教育还是收到了效果，无论如何，姬武是不做艺术家的梦了。艺术之光不再能穿透姬武渐渐结了壳的心。姬武拒绝再拿遥不可及的梦想来作茧自缚，妨碍自己去抓住世界的本质。什么是世界的本质呢？在姬武这里就是——当一个中学教师便是人生的悲剧，不啻掉进了壕沟里。这个见识来自姬武的父母。不幸得很，姬武的父母就是做中学教师的，一个教语文，一个教物理。姬武对于中学教师的偏见，挺直观的，就是来自他的父母。这其实也没什么可指责的，年轻人嘛，经验就是这么有限。姬武耳濡目染，只看到他的父母窝囊了半辈子，世界观就是这么来的，你不能要求他有更加悠远的视野。

姬武用手中的画笔来跟世界做交易，和班上几个志同道合的同学购买了设备，投入到行画的制作中去。什么是行画呢？就是商业性临画。在投影仪的照射下，年轻人组织起一条流水线，分工明确，各司其职，你画头，我画脖子，你画房子，我画树，一幅幅鲁本斯、伦勃朗，以及塞尚、高更，就从笔下成批生产出来了。年轻人卖破烂一样将大师们卖给专门的画廊。画商们呢，他们派出的捎客也真像是收破烂的一样，蹲在学校的大门口吆喝：有画的卖？

虞搏变化不大。这个年轻人从小就有些恍恍惚惚的样子。如果把世界看成信号源，把人看作接收器，那么虞搏的接收系统好像就有些不太灵敏。当然，这会妨碍虞搏吸纳有益的信号，对于成长，不能算好事。但过来人都知道，人在年轻的时候，世界给人发射的往往是凶恶的电波，更多的是让人张皇失措和六神无主，说是有害的辐射都不为过。所以，年轻的时候，接收系统迟钝些，也就不一定必然是坏事了。还是各有各的理，看你从哪方面说。由此，年轻的虞搏受到的刺激和干扰就少一些。但这并不说明虞搏心里没想法。虞搏只是不表露，掖着，等待一个能和自己接收系统合拍的契机。

虞搏挺青涩的，始终保持着一个小城青年的模样，干净的衬衫，周正的外套，牛仔裤的颜色，也永远是那种青青白白的淡天蓝。他这副造型，入学之初都算是一个别致的，三年读过来，身边的同学们都沸腾了，就更显出了他的与众不同。这个时候，如果有人对着虞搏说出"年轻人……"这样的半句话，那八成是表示赞许，因为无论从哪个角度看，虞搏这样的年轻人都是值得期许的，符合年纪不轻的人们的审美，挺主流的。其他年轻人早已经转移了目标，重新给自己的人生定了位，虞搏却安安稳稳，好像已经有了主意，正在笔直地走向未来的中学讲台。青春那双拧巴人的大手，在虞搏这儿，貌似无效了。他舒舒展展，像一棵喜人的树，长得还怪挺拔。是虞搏胸无大志吗？当然不是。每一个年轻人的胸膛里都有着一颗火热的心，一旦条件成熟，就要趁机燃烧一下。虞搏只是没有找到点燃他的方式。

在虞搏的比照下，姬武有时候也会反省自己，认为自己如今活得不怎么高级，反倒是虞搏，闷声不响，无形中却有了优越的体面感。但更多时候，这种比照会令姬武不满。姬武首先是替自己这位伙伴着急，他想这都什么时候了，虞搏怎么还这么颟顸呢？其次，姬武还有点愤愤不平。姬武不平什么呢？这跟虞搏的父母有关。
虞搏的父母都是公务员，在他们的家乡，那座小城市，
虞搏的父亲还有些不大不小的职务。这就成了小城市里
中学教师和公务员之间的比照。姬武觉得自己现在这般
手忙脚乱，根源就在这里。谁让他是中学教师的儿子
呢？而虞搏，这个公务员的儿子，就可以保持一个从容
的派头。姬武想，虞搏当然不用着急，他后面的路，早
就被修直了——当然不是通往中学讲台。可通向何方呢？
在姬武想来都不重要。在姬武这里，世界上只有一条死
路，那就是去做一个中学教师。

　　毕竟是从小到大的伙伴。姬武的心里再纷扰，对于
虞搏，他还是真心相待的。虞搏八风不动，姬武还是高
兴的，觉得总比自己这样慌张着好。结果，虞搏却陡然
有了状况。什么状况呢？出现了一个契机。

　　他们就读的这所师范大学，周边挺乱的。这一点好
像是个社会现象——如今的大学周边几乎都挺乱的，钟点
房啦，游戏厅啦，廉价 KTV 啦，比比皆是，还有就是既
脏且乱的夜市，把校园外围搞得乌烟瘴气。

　　这天晚上，虞搏一个人出来找东西吃。夜市里人头
攒聚，弥漫着辛辣的烧烤味。虞搏不知道在这人间烟火

的背面，上帝已经将一个姑娘安排在了眼前，马上就要向他冲过来。姑娘的确是冲了过来，分开人群，径直撞在了虞搏的身上。两个人都被撞得东倒西歪。虞搏站稳脚跟，看到两个男人一左一右揪住了眼前的这个姑娘。周围很自觉地让出一个圈，路人们又惊慌又惊喜地看着圈中的四个人：两个男人厮打一名姑娘，另外一个则是不知所措的虞搏。两个男人很凶，作势要往死里打的样子。姑娘出人意料地顽强，毫不气馁，不屈不挠地与对手扭扯。只是力量对比太悬殊，很快姑娘脸上就见了血，也不知道鼻子还是嘴破了。虞搏被围在那个圈子里，这让他在心理上觉得自己也是个当事者了。年轻人有些不知所措，眼前的事把他的本能刺激出来了。下意识地，虞搏就手拎起一条长凳，不轻不重地砸在一个男人的后背上，像是跟人打了个不咸不淡的招呼，直把对方招呼得愣了一下，不动了，挺想不通的样子。另一个男人松开姑娘的头发，机敏地向后跳开一步。

妈的你们怎么才来？姑娘骂虞搏。什么意思呢？原来是虚张声势。

虞搏不知所云地持凳而立，摆出个继续招呼人的架势。两个男人见对方来了帮手，而且还是"你们"这样

年 / 轻 / 人

一个规模，当即骂骂咧咧地走开了。

后面的事，就有些不像真实的事儿了，有些虚幻，有些浑噩和蒙昧，除了年轻人，一般人很难理解。姑娘把虞搏带到一个出租屋，她洗去脸上的血污，施施然朝着坐在一张木床上的虞搏靠过去。虞搏的心思乱糟糟的，还处在之前的亢奋中缓不过神，手里差不多还是那条板凳的手感。这种出租屋在校园周边比比皆是，因陋就简，符合年轻人的消费水平，派什么用场，大家心照不宣。但虞搏却是第一次涉足其间，正是有些好奇，就这么不清不楚地有了自己的第一次性经历。

第二天虞搏见到姬武的时候，姬武就感觉到虞搏有些异样。虞搏的脸上看不出什么，但心情却是真的变了。心情变了，即使脸上不带出来，整个人还是会有些令人说不出的异样。姬武挺敏感的，他现在正努力捕捉世界的本质，所以看问题就直接往本质上看。

姬武说，虞搏你去找小姐啦？

虞搏吓了一跳，有些生气地瞪着姬武。

姬武叹口气说，唉，干吗瞪我？你这个年轻人。

你看，姬武现在也是这种口气了。他是不是也觉得将同伴称为"年轻人"，自己就有了某种心理上的优势？可见，当人一直面现实，不自觉就会变得有些老气横秋。

虞搏不说话，瞪姬武，就是心虚的表现。他也正在拿不准，自己昨夜的经历是个什么性质？莫非，那个姑娘真是个小姐——就像大家盛传的那样，住在出租屋里的姑娘，都是做小姐的？但虞搏不愿意下这样的结论。一个年轻人，刚刚经历了自己人生中的第一次，当然不愿意妄自菲薄，而且，他还会放大自己的经历，最好将一切弄成一个传奇。

昨夜事情发展得太快，虞搏来不及仔细体会，像是做了一个无法复述的梦。但现在，虞搏就觉得此番遭遇颇具传奇色彩了。那个姑娘叫人难忘。难忘不是因为她赐予了虞搏人生的第一次，当然这也算是因素之一，但让虞搏耿耿于怀的，是那个姑娘不堪的处境。他们相遇了，这是上帝的安排。姑娘以一副被殴打、被侮辱的形象出场，其后呢，虞搏在一间粗鄙的出租屋里交出了自己的人生第一次。这一切，给夜晚的传奇构成了阴郁的背景。传奇是什么？字典里有解释，传奇就是情节离奇或人物行为不寻常的故事。虞搏陷在自我传奇化的情绪里，不免就有些悲天悯人，同情起那个姑娘。就像王子遇到了灰姑娘，没谁这么要求，虞搏却觉得自己对那个姑娘有了天然的义务。

接下来的几天，虞搏骑着一辆不去碰它都会自己响起来的破自行车，频繁地离开校园。他们就读的这所师范大学，地处城乡接合部，周边的地貌有些特点，沟沟壑壑，此起彼伏。那些出租屋大多建在沟里，屋顶几乎与地面平行，让人担心遇有大雨它们身处的那个坡度就会沦为灾区。那间出租屋也在一个坡下面，给人的印象是，似乎谁都可以进去住一下——只要你愿意下到那个大坡下，推开那扇永不上锁的门，躺进屋里的那张木床，那么你就是它的居住者了。虞搏连续几天坐在一棵槐树下，远远看着出租屋露出地面的屋顶。屋顶是铁皮搭的，风吹雨淋，锈迹斑斑。中间隔着一条铁路，半个小时左右就会有一列火车铿锵而过。火车过后，灰尘落在虞搏干净的衬衫上。虞搏神情忧悒地望着自己的目标。总有一些装束可憎的人在那间出租屋进进出出。所谓"可憎"，大约只是虞搏的观感，人家不过也是些年轻人，年轻人奇装异服，标新立异，按理说虞搏是应当理解的。但现在的虞搏，看待这些事物，偏见就比较多。

虞搏看着他们的脑袋一个个沉入坡下，又一个个滑稽地浮上来。一些奇怪的喧哗飘在风里，吃惊的尖叫，放肆的大笑，以及语焉不详的谩骂。虞搏从中辨认出一个声音，于是如同被刀片割了一下，让他觉得自己的心都疼了起来。

终于有一天，一列火车过去后，虞搏下到了那个坡下。

是你呀。姑娘毫不吃惊地看着虞搏，好像跟他提前预约过一样。

屋里只有她一个人，虞搏是确定这一点才下来的。有那么一个瞬间，虞搏忘记了自己的目的，木讷地看着那扇足有一面墙大的西窗。其实那天晚上这面西窗已经让虞搏感到了震惊，不同的是，彼时是夜晚，窗外黑黢黢的一片，此时透过玻璃，窗外葳蕤的草丛摇曳在金色的晚霞之中。姑娘幽暗曲折地站在窗前，晚霞金色的背光使得她看起来好像一个剪影，也好像一个毛茸茸的标点符号。

逗号，虞搏脱口说道，你像个逗号。

姑娘哈哈大笑，说，干吗非是逗号？干吗不是感叹号？

虞搏说，还是像逗号。你的头这么大，轮廓就是像个逗号。而且你站得一点也不直，怎么会像感叹号呢？

其实姑娘的头不算大，不过是发型蓬松，给人一种烟熏火燎过的感觉而已。虞搏这么认真，姑娘觉得很好玩，大声说，好吧好吧，就逗号吧！我以后就叫逗号。

虞搏受到了鼓舞，进一步说道，嗯，逗号，你不能这样，别这样了。

不能怎样？逗号饶有兴趣地看着这个年轻人，问他，你要我怎样？

是呀，虞搏要人家怎样呢？他自己也说不清，总不能要求人家不要呼朋引伴吧？虞搏说，我不要你这样……

嗨！逗号说，你不要？

是，你答应我了，可你还这样。

我答应过你吗？逗号从窗前走过来说，坐下吧，坐在床上。

这间屋子里，除了床，没地方可坐。

虞搏扭捏了半天，说道，如果你不记得了，或者，你只是说说而已，我没什么可说了。说完虞搏转身走出小屋，他以为自己会被叫住，却没有听到期望中的声音。

这个逗号跟虞搏承诺过什么吗？对此谁都没有把握。但虞搏坚持说那天夜里他俩就此有过一番谈话。后来虞搏对姬武说过，那天夜里，他已经领略了这个逗号的放诞，并且规劝过她；逗号呢，没什么含糊的，当即就答应了。想想吧，当时的虞搏，刚刚完成了他的成年礼，开口训诫一个姑娘，又立竿见影，当然成就感便要油然而生了。所以虞搏很看重这个。他没有料到，再次见到这个姑娘，人家却矢口否认了。

出租屋的后面是一片大得令人生疑的旷地，野草长得漫无边际。虞搏走进这些租生植物里，一个人在风吹草动中默默地走出很远，然后找了块地方坐下，将自己隐藏在草丛中。草茎不停地扫在虞搏的脸上。这时候的虞搏，内心还是比较平静的。他想，可能真的是自己记错了，或者是自己臆造了一些情节，如今，不过是梦醒了而已。如果这一天虞搏可以不受打扰地再坐一会儿，那么其后一切就会回到按部就班的轨道上，虞搏会拍拍屁股，回学校，继续去接受大学教育，直至走到中学讲台，或者其他什么岗位上去。但是逗号盲目地奔跑过来了，在草丛中漫无目的地寻找。透过那面西窗，她看到这个年轻人隐没在了野地里，给她的感觉好像是突然溺水了一样，需要被人打捞。草茎折断的声音纷乱动荡。她看到他了，两个人有些惊愕地对望在夕阳下。逗号向虞搏一步步□过来，像涉着水。虞搏呢，站起来，跑了。

来日虞搏守在槐树下，再次看到逗号和一个男人消失在铁路对面的地平线下，泪水一下子涌了出来。虞搏的平静再也没有了。不要小看昨天傍晚逗号的那个靠近，这一张一弛之间，年轻人的心思却全乱了。虞搏骑上那辆破车子决定离开。骑了十几米，下来推着走了。现在这辆破车微不足道的速度都令他窒息。骑在车上，虞搏感到风一阵阵地灌进肺里，让他哽噎不已，像一条搁浅的鱼。

虞搏回到学校，坐进画室里失神地看着眼前的一组静物，深紫色的衫布，花里胡哨的锦鸡标本，仿真桃子和不锈钢的餐具，突然就觉得原来一切都是虚假的，是幻象，他们对着一堆假东西精心描摹，有什么意义呢？这就产生疑问了，年轻人对自己的生活怀疑起来了。虞搏迟迟没有动笔，让绷好的画布始终空洞地洁白着。

我要搬出去住，虞搏冷不丁对身边的姬武嘀咕了一声。

姬武没听明白，回头看他，他已经扬长而去了。姬武追出画室，但没有从虞搏那里得到什么解释。虞搏拒绝解释，用一张恍恍惚惚的脸对着姬武，惹人徒费猜疑。这是怎么了？姬武想一定是师敏丽惹了虞搏。

说起来，师敏丽算是虞搏的女朋友。而且这个女朋友，也像姬武一样，和虞搏算得上是两小无猜。他们都是那座小城市里少年宫培养出来的，当年在一起学画画，一起提高了专业，一起荒废了文化课，所以像被安排好了似的，一起来上师范大学了。如今，他们是大学里的同学。师敏丽这个姑娘，长相有些像大名鼎鼎的李宇春，走的是那种中性的路子，短发平胸，有些像一个假小子。年轻人的审美挺奇怪的，让人搞不懂，倒是这种假小子似的姑娘，如今行情很好。师敏丽在师范大学里行情也很好，追她的同学不少。但师敏丽不为所动。因为师敏丽的心里装着虞搏。

当年三个年轻人考上了师范大学，对于他们，是一次挫折，对于培养他们的小城少年宫，却是个业绩。可不是吗？一下子给省城输送了三名大学生，这个成果可不小。没考到北京，这个责任不在少年宫，在他们各自的学校。少年宫在专业上，是尽到自己责任了的，将他们培养出了画画的特长。据此，少年宫决定开个庆功会，祝贺一下他们，同时也宣传一下自己的办班水平。

三个年轻人的父母都受邀前来。虞搏的母亲在财政局工作，人是很精明的，当场有意无意放出些话，意思是让师敏丽在大学多"管着点儿"虞搏。这"管着点儿"，总要有个名堂吧？不明不白，人家姑娘凭啥替你"管着点儿"儿子？这就在话里话外说出些其他味道了。半开玩笑半认真，那意思就把师敏丽说成了虞家未来的媳妇。这样就名正言顺了，说得通了，算是做婆婆的一个交托。师敏丽的父母在小城开蛋糕房，女儿考上师范大学，对于他们是一件心满意足的事，跟虞搏家这种公务员家庭攀上情分，就是锦上添花，没有理由不半真半假地跟着附和。场面就很喜庆。

三个年轻人呢，却是各怀心事。姬武很郁闷。看着自己的两个伙伴这就又近了一步，姬武挺失落的，心里不免有些埋怨。埋怨谁呢？当然是他的父母。姬武的父母，那两位中学教师，落寞地坐在一旁，看着别人的家长谈笑风生。姬武教语文的父亲低声对儿子说，姬和虞，这两个姓，都是古姓。姬武愣了一下，终于忍不住瞪了父亲一眼。虞搏一贯恍惚着，偶尔听到自己的母亲夸赞师敏丽，就回头看一下母亲，心想，我怎么没看出师敏丽有这么好？在虞搏眼里，他把师敏丽当成一个兄弟，以前开玩笑，还让师敏丽背过他呢。虞搏挺单薄的，所以假小子似的师敏丽背得动。师敏丽呢，听着父母们嘻嘻哈哈，将她说成了一个主题，年轻的心一下子开了窍。怎么说呢？这姑娘动心了，突然发现，自己很喜欢虞搏。

所以上了大学后，师敏丽就"管着点儿"虞搏了。所谓"管着点儿"，不过就是照顾虞搏的生活，洗洗衣服啦，端个饭什么的。一来二去，虞搏没什么反应，舆论却认定了，师敏丽是虞搏的女朋友。

他们这批学生招得多，怎么说？扩招了呗。师敏丽在另外一个班。姬武站在教室门口，把师敏丽喊出来说话。

姬武说，虞搏说他要搬出去住，他这是唱哪出？

师敏丽说，我不知道啊。

姬武说，可你看起来一点也不吃惊，你怎么会不吃惊呢？他跟你也说了吧？

吃惊？我为什么要吃惊？师敏丽不看姬武，发了会儿呆说，他没跟我说，但我早知道他不会消消停停地在学校待下去。

　　师敏丽的回答更令姬武费解了，好像她和虞搏之间有着秘不示人的攻守同盟。师敏丽凭什么"早知道"呢？虞搏又因何"不会消消停停地在学校待下去"呢？对于虞搏，姬武一贯认为自己是最了解的，但此刻听了师敏丽的话，突然觉得自己并不是一个最掌握情况的人了。师敏丽放出这样的话，应该是基于一个姑娘对于自己心上人的那种把握。这种把握很微妙的，必须要用一颗开了窍的心。师敏丽用心地"管着点儿"虞搏，于是就看到了虞搏风平浪静之下的暗流。姬武抓世界的本质，师敏丽抓虞搏的本质，她看出来了，这个虞搏，内心比谁都汹涌。有一件事，姬武并不知道，那就是虞搏曾经一个人去过北京。虞搏对师敏丽说，他天天站在中央美院的校门口，看着人来人往，但一次也没有走进去。师敏丽从这件事和这些话中，看出了虞搏汹涌的内心。

　　姬武知道自己不能去刨根问底，那样会显得很蠢。对于师敏丽，姬武也有些难言的情绪。本来姬武并不是格外留意师敏丽，但师敏丽被舆论规定成虞搏的女朋友后，姬武的心里就有些变化了，但又不可告人，所以面对这两位伙伴时，常常有些左右不是。

姬武气鼓鼓地对师敏丽指出，师敏丽你要管着点儿虞搏！

师敏丽回过了神，转身找虞搏去了。但是显然，师敏丽没有管得住虞搏。虞搏当天晚上就没有回宿舍，第二天也没来上课。姬武和虞搏睡一个宿舍，这还是姬武想办法调在一起的。姬武已经习惯了，只要睡在宿舍里，就能看到虞搏的影子。以前是姬武常常夜不归宿，这天夜里没了虞搏，姬武几乎一夜没睡。虞搏的床空在那里，无端地让姬武觉得本来逼仄的宿舍陡然空旷辽阔起来。

几天后的夜里，姬武一个人躺在宿舍里思念他的兄弟虞搏。姬武想起一些酒醉的夜晚，虞搏用湿毛巾冰在他滚烫的脑袋上，怜悯地看着他，对他说，别把自己不当回事儿。姬武回答，凡·高把自己当回事儿，可这位前辈闹得"连椅子都摇晃起来"，最后割了耳朵都不行，还得朝自己肚子上来一枪……

就在这时，虞搏推门进来了。姬武还以为自己产生了幻觉。从小到大，姬武没见过虞搏这么狼狈：衬衫马马虎虎地皱成一团，裤子膝弯处更是沟壑纵横，屁股后面的一只口袋，居然恶劣地向外翻着舌头。虞搏一头扑到自己的床上，脸埋在被子里说，进来吧。显然这不是在对姬武说。于是一个姑娘迈了进来，蓝色的短裙，衬衫的袖口和领子是乳白色的，这身打扮，像个水兵。

逗号，姑娘向姬武笑了一下，然后坐在虞搏床边。

好半天姬武才判断出"逗号"这两个字是她的名字，这个姑娘是在作自我介绍。

虞搏说，姬武你去把师敏丽找来。

平时虞搏很少这么指使人。姬武糊里糊涂地遵命去了。一边走，姬武一边挠头。怎么了呢？姬武觉得这个姑娘很面熟。走到女生宿舍楼下时，姬武终于想起来了，可谓恍然大悟。我见过这姑娘的乳房！姬武在心里对自己大喝了一声。原来，学校附近有一家文身房，老板常请师范大学的美术生去给客人绘图样。只要是挣钱的事，姬武从来不落人后，姬武在那里给很多人的身体上画过画。其中有一次，来了个姑娘，要求给她的乳房上刺只蝙蝠。之前也有女顾客，也有怪要求，但这次算是格外离奇了些。姬武还记得，当时自己握笔的手是有些颤抖的，尤其当眼前那只乳房泛起一片米粒般的疹子时，他几乎有种缺氧般的眩晕。姬武记住了那只乳房，反而对那只乳房的主人，需要挠一阵头才能想得起来了。

姬武把这个发现说给了师敏丽，虞搏领回来一个姑娘，而这个姑娘的乳房上，姬武兴奋地宣布，有一只我画上去的蝙蝠！

师敏丽一路跟着姬武走，只听得浑身发颤，好像那只蝙蝠落在了她的乳房上一样。进了宿舍，虞搏已经换了一身衣服，又是那么干干净净的一个年轻人了。逗号斜倚在被子上，夹着一支烟，把自己的脸藏在烟雾后面，那两根夹着烟的手指，都套着很夸张的银指箍，看起来像两截铁筷子。虞搏过来拉着两个伙伴往外走。师敏丽很倔强，硬硬地挺在那儿，将抽烟的逗号死盯了足有一分钟，才勉强跟了出去。

三个年轻人站在宿舍楼的走道里，彼此的影子重叠在一起。

虞搏垂头丧气地说，我发现自己不能同时做好两件事情。

姬武问，没头没脑的，你指什么？

虞搏说，逗号，逗号和上学，我上着学就不能在她身边看住她。

看住她？师敏丽禁不住叫起来，她是谁？你干吗要看住她？

是的，是这样的。虞搏着急地陈述起来，逗号是个可怜的姑娘，十六岁的时候，被一个男人带到这座城市，那个男人是个流窜犯，流窜到她们那里时在火车站遇到了她……

可这关你什么事？姬武厌烦起来，说，况且这个故事也太戏剧化了，你能保证这个姑娘不是在给你讲故事？

虞搏的目光鞭子似的甩向姬武，他说，我不需要跟你保证什么！即使这是个故事，即使戏剧化，又怎样呢？我们生活的这个世界本身就是戏剧化的！

姬武没想到虞搏的反应会这么激烈，他像变了个人似的，让姬武感觉他跑回来就是为了找人吵几句。这倒也是个事实，姬武的感觉没错，虞搏把他们叫到面前，也真是想宣泄一下。虞搏在那间出租屋住了几天，和逗号做了各种各样的交流。但逗号和他交流的方式超出了他的经验。怎么说呢？虞搏觉得自己听不懂逗号的话。

逗号的行为乖张，让人难以捉摸，即使好好说话，嘴里也常常冒出些古怪的言论，在虞搏听来，就像是黑社会的切口。其间有几次，虞搏终于听明白了一些内容，比如鲍勃·迪伦，虞搏马上表示这个他是知道的，摇滚歌手嘛！不料逗号却反驳他，说鲍勃·迪伦更应该算作诗人。"诗人"这个词从逗号嘴里说出来，出乎虞搏的意料。一方面，虞搏有些欣慰，感到一个隐忧被排除了——众所周知，一个小姐应该不会说出"诗人"这样的词吧？另一方面，虞搏又挺受打击的，觉得自己和逗号之间，有种客观存在着的不平等。这种不平等，说白了，就是一个小城市来的年轻人，在见识上，无论如何会稍逊一筹。这种不平等非常隐蔽，却能让一个大学生面对一个住在出租屋里的姑娘时，有些如堕雾里。本来虞搏在逗号面前是怀着些优势的，做着王子与灰姑娘的传奇梦，不料这个灰姑娘原来挺神气。后来说到了逗号的身世，她不耐烦了，扼要地给虞搏说了几句。这扼要的几句，虞搏完全听得懂，而且立刻从中找回了再续传奇的基点，那种可以去保护什么，怜恤什么的情绪，又回到了虞搏一厢情愿的心里。

所以姬武质疑逗号的故事，虞搏就很愤怒。

姬武的脾气也不小，平时他俩在一起，是姬武更容易冲动的。姬武觉得虞搏的脑子坏掉了，如果要谈恋爱，要交女朋友，这也没什么可说的，干吗非要搞得这么离谱，像唱戏一样？

姬武说，虞搏你是被那只蝙蝠弄糊涂了吧。

虞搏吃惊地看着姬武。姬武还想说下去，被师敏丽打断了。

师敏丽问，虞搏你们怎么认识的？

虞搏摇手说，这不重要。

师敏丽顿一顿，问，你有什么打算？

虞搏说，她住的那个地方不好，必须给她换一个环境，这是最起码的事情。

师敏丽直截了当地问，虞搏你爱上她了？

虞搏躲避着师敏丽的目光，说，这也不重要，就像援助非洲难民，你并不一定非得先爱上他们才行。

说完他似乎也觉得这个比喻不太妥当，快快地看了姬武一眼。

姬武忍不住夸张地叹起气来，哎哟，年轻人，这也不重要那也不重要，什么对你是重要的？

虞搏抢着说，姬武你不要嘲笑人！

姬武一挥手，表示不想跟他说下去了。姬武觉得自己跟这个年轻人没什么可说的。

　　原来虞搏已经在外面租下了一套房子，他回学校是来取自己被褥的。作为公务员的儿子，虞搏有能力在校外租住房子。对此，姬武既有些哀其不幸，又有些怒其不争。有什么可说的呢？既然虞搏执意如此，而且他也有条件如此，那就让他如此好了。姬武想，由他去吧，要不了多久，吃了苦头，他自然就明白了。师敏丽大概也是这么想的，将希望寄托在虞搏的自我醒悟上。大家都是年轻人，对待同类，毕竟要宽容一些。所以，当天夜里，即使百般地不愉快，在虞搏的要求下，姬武和师敏丽还是跟着去认了认门。

　　房子离学校挺近，步行过去也用不了多长时间。到了楼下，师敏丽却坚决不上去了。姬武理解师敏丽的心情，她能跟着走这么一趟，已经算是个了不起的姑娘了。姬武决定陪着师敏丽回去。那个水兵一样的逗号，一路上顾自走在前头，旁若无人，对虞搏的两个伙伴视若无睹，好像一个自行其是的船长，挺傲慢的。此刻她更是头也不回地率先上了楼。虞搏将被褥扛在肩上，踌躇一下，结果还是尾随着逗号去了。师敏丽站在楼下久久不动。姬武提醒她再晚怕校门都进不去了，她突然发狠地对姬武嚷道，你怕什么？回不去今晚我就是你的！

当然最后还是回了学校。进校门时，师敏丽自言自语地冒出一句，完全是一个女流氓嘛！

姬武知道她这是在评价逗号。姬武说，当着虞搏的面你干吗不说？

师敏丽一声不响地蹲下去，半天不愿站起来。

姬武有些心疼师敏丽了，说，要不，把事情跟虞搏家里人说一声？

不料师敏丽发起火来，冲着他嚷嚷，你一天鬼混着，也跟你家里人说一声吗？

师敏丽这就是在保护虞搏了。保护他什么呢？也许，就是保护他年轻的权利。什么又是年轻的权利呢？如果我们还算公允，我们就会稍微承认这种权利，那就是，一个年轻人有权行止离奇，思路乖张吧？

姬武张口结舌地站在一边，最后干脆跺脚走了。

其实姬武心里的负担一点也不比别人轻。马上面临着毕业，就业状况又这么严峻，姬武的父母已经替他联系中学教职了。如果别无出路，好像姬武就只有掉进做一名中学教师的壕沟里去了。姬武觉得没有人会理解他，连自己的女朋友都不会。

这时候姬武也谈了一个女朋友，也是他们的同学，叫罗小沛。罗小沛人挺漂亮，但在姬武眼里，似乎有点傻乎乎的。姬武批评过她，说她没心没肺，一点危机感都没有。罗小沛说，我干吗要有危机感？危机感留给你们男人好了，我嫁一个没有危机的就 OK 啦。这么说来，罗小沛这个年轻人算是比较懂道理了，挺练达的。但这番话听在姬武耳朵里，却很不是滋味。尽管罗小沛说了"你们男人"，但姬武很识相，知道自己其实是不包括在这些男人里的。就是说，他不在罗小沛要嫁给的男人之列。因为姬武明白自己不是一个没有危机的男人。

这天姬武在操场上和罗小沛望天发呆，看到虞搏恍恍惚惚地走过来。虞搏已经旷课多日了，校方当然要严加申斥。虞搏却无所谓，他好像打定主意了，并不把事情看得太严重。在这一点上，姬武依然一边替虞搏担心，一边暗恨虞搏有过硬的家庭，可以让他这么肆无忌惮。姬武知道，虞搏的父亲是不会让虞搏拿不到毕业证的。

虞搏顺道来取几件衣服。姬武陪他回到宿舍，颇有些伤感地和他依依告别，仿佛虞搏这一走，就再也不会回来了。送走虞搏，姬武回到操场上继续和罗小沛望天发呆。这对年轻人挺爱这么做的，好像望着望着，天就会开。后来不经意开了口，话题便是围绕着虞搏了。这些天虞搏的行径成了同学们之间议论的焦点。这个看起来循规蹈矩的人，怎么一下子倒行逆施起来？其他人再怎么胡混，也不敢公然做出弃学的架势。年轻人都明白，无论如何，文凭总是要拿到手的，即使是一张末流师范大学的文凭。但这个虞搏，看来有些无所顾忌了。尽管大家无法效仿，但很乐于远距离欣赏。

罗小沛听完姬武似是而非的情况介绍后，神往地说，虞搏是个可爱的人。

姬武说，可爱吗？我怎么不觉得。再说了，光可爱有什么用！

有什么用？艺术有什么用呢？罗小沛反驳说，这根本不是问题。它的效果就和一道风景一样。

姬武听了这话，暗自分析，原来罗小沛既有嫁一个好男人的蓝图，又知道不耽误欣赏沿途的风景。姬武想，他目前也不过是罗小沛途经的一道风景吧，罗小沛穿越而过，目标却是在别处。但姬武在嘴上不认输。他没什么好讲的，只能来一句高深莫测的"年轻人……"。姬武这么拖着些腔调，是喟叹，是惋惜，也是表示轻蔑和表示不理解。总之也是含义万千，复杂得很。姬武还是牵挂虞搏的。同时，姬武也牵挂师敏丽。不用说，这段日子师敏丽的情绪很糟糕，整个人有种冷硬的气派，愈发像李宇春了。姬武想，自己的这两个伙伴，真是不能让人省心啊，真是年轻。

　　老实说，遇到逗号，算是虞搏的一个劫数。就像文身店的老板对姬武说的那样，逗号这个姑娘，"名堂多了"。虞搏觉得自己始终看不清逗号。这种看不清，居然会从心理上波及生理上。虞搏发现自己一面对逗号，本来不错的视力就会陡然变弱，变得模糊了，朦胧了，模棱两可了。其实这不怪虞搏。逗号这种姑娘，在大城市的年轻人中都是属于那种不被人理解的异类，是年轻人中的年轻人，如果非要把她排列在一张标准的视力表里，她就是最末一行中的一个字母"E"，特别考验人的眼神。虞搏从小地方来，即使也一腔热血，目光炯炯，但打量这个让人目迷五色的世界时，天然已经有些近视了。虞搏说，逗号你太颓废了。逗号说，我不颓废，我很积极。虞搏说，逗号你有时候挺冷漠的。逗号说，哪里，我是个热情的人。就是这么说不到一起去，一种积极的颓废和热情的冷漠摆在了虞搏的面前，这种态度超出了虞搏的目力所及。但逗号似乎无意纠正两人之间的差异。逗号对虞搏说，别变，虞搏你就像现在这样，挺好的。虞搏"挺好"在哪里呢？虞搏自己是不自知的。其实在逗号眼里，虞搏也是一道风景吧？一道风景当然不会知道自己好在哪里了。

这么说来，虞搏心里的传奇就是一个逆转的局面了，他和逗号之间，谁襄助谁，谁体恤谁，也是各有各的理，看你从哪方面说。逗号对于虞搏就是一个来路不明的谜。连逗号是做什么的，虞搏都始终没搞清楚。她好像什么也不做，可一个人什么也不做，怎么生活呢？这是虞搏的疑问。将"做什么"与"生活"挂起钩来，这种念头挺正常的，但逗号觉得这就是虞搏境界的局限了，是小城市思维，生活难道一定是要用来做什么的吗？逗号说，亏你还是个学艺术的。这也是个半句话，具体怎么个亏法，逗号并不解释。虞搏因此觉得自己的气更短了，却也因此更加欲罢不能。

一切都是新鲜的，年轻的姑娘，年轻的谜面，给虞搏打开了另一番天地。这番天地是何等景致，虞搏只看到些影子，但他已经隐约感到了，自己的接收系统，可以捕捉到频率一致的信号，就像心弦已经被拨动。所以虞搏这台接收器就启动了，要呼应。但逗号飘忽来去，跟虞搏住了几天，一声招呼都没打，突然就像电波一样地消失在空气里。

虞搏找到了那间出租屋，里面已经换了人间，住着一个拾荒的老头。虞搏并不死心，坚持守候在屋后人迹罕至的草丛里。结果还真让他等到了些状况。夜里，一列火车铿锵经过之后，危机四伏的野地响起哗哗的水声，其后虞搏看到一个白晃晃的屁股上下颤了几下，一个女人从草后站起来。咦？女人一边系腰带一边吃惊地走过来，问道，什么人敢偷看老子撒尿？虞搏惊恐地把头埋进怀里。女人看了他半天，突然使出蛮力来拽他，就是要把他拖走享用一番的架势。虞搏吓坏了，夺路而逃。就此，虞搏的神经就有些濒临崩溃的感觉，时时觉得有一双手在蛮横地拖拽自己，像是要将他拖到某个深不见底的深渊里去。

虞搏回到学校，令所有同学都禁不住错愕了一下。几天不见，虞搏的形象大大改观了，他灰头土脸地出现在同学们面前，衬衫袖子一只捋到腋下，一只垂在手背上。当时大家正在画室里完成作业。虞搏过来坐在姬武身边。姬武问他出事了吗？他摇摇头说，我就是想来看看你。这句话让姬武感到有些心酸，姬武听出了里面的情谊。虞搏示意姬武继续画，不要被他打扰。他安静地坐在姬武身边，看姬武作画，隔一会儿对姬武提出些建议。姬武采纳了他的意见，画面出现了意想不到的效果，对象在画布上呈现出一种被更多主观观照的面貌，那是一个新的空间，一个只存在于内心的新的形态。姬武得承认，虞搏的天赋不错，同时姬武也认识到，他俩眼中的世界，原来真的是有着天壤之别。

一直画到画室里只剩下他们俩，虞搏突然在背后说，姬武，逗号不见了。

虞搏的语气平淡，可是这句话让姬武的心缩了一下。姬武回头看虞搏。虞搏闭着眼睛，两只手合在一起夹在两条腿中间，身子像陶醉在什么旋律中似的摇来晃去。

姬武说，不见了？

虞搏却不再作声，就那么不停地摇来晃去。

姬武拍拍虞搏的肩膀，没话找话说，你该好好画，去考研。

考研这个事他俩说过无数次，早被否定了的。这两个年轻人，很要命，英语完全是一塌糊涂。所以考研这条路早被堵死了。

好半天，虞搏才摇晃着说了一句，我现在觉着老黑的话还是挺有道理的。

老黑就是黑格尔。黑格尔在《美学》中说：艺术不再是真理获得自我存在的最高样式，不再是精神实现的最高要求；艺术在现时代成了可有可无的东西，它在最高的使命上已不过是一种过去的事了。

黑格尔说得挺狠，比校方的学前教育更能给人雪上加霜。这段话最初是姬武传达给虞搏的，用来佐证当今世界的本质。虞搏对这段话很抵触，他说如果世界的本质真是如此，那他情愿活在假象里。虞搏那时也不把黑格尔叫老黑。可虞搏现在却觉得老黑有理了。姬武不知道怎么回答他，他觉得虞搏现在倒是应该被世界的假象继续蒙蔽住，那样，这个年轻人才不会显得如此让人揪心。姬武留虞搏在学校吃饭，虞搏却提出让姬武陪他出去坐坐。距学校不远有一片麦田，刚刚入校时，他俩常去田埂上坐一坐。后来姬武没有了守望麦田的闲情逸

年 / 轻 / 人

致，就是虞搏一个人去坐了。现在虞搏提出这样的要
求，姬武觉得自己不能拒绝，一边和虞搏并肩往外走，
一边给师敏丽发了短信。

师敏丽却先到了，让人感觉她本身就待在麦田边。
三个年轻人坐在田埂上，脚下是一条灌溉用的水渠。以
前他们常常扎堆，此刻不禁都想起些往事。空气很闷，
天边云谲波诡，是风雨欲来的架势。三个朋友谁都不说
话，各自酝酿着什么似的。这么坐了半天，姬武先憋不
住了，说，吃饭去！但没人响应他。虞搏的手指绞在自
己牛仔裤膝盖上的洞里，将那个洞一点点撕成一条口
子。师敏丽看不下去了，伸过去一只手，盖在他的手背
上，既是按捺他，也是按捺自己。

虞搏讨好地向师敏丽笑笑，说，逗号不见了。

看得出，这些天虞搏的日子不好过。谁都明白，虞
搏此刻需要一些安慰。可他该如何来向自己的朋友们谋
求安慰呢？结果是虞搏刚刚谨小慎微地张了口，就激起
了波澜。

师敏丽酝酿够了，按捺不住了，叫起来，这种女人
不见了有什么稀奇！她是个什么人虞搏你看不出来吗？

这下可好，虞搏像被咬了一口，跳起来，一只脚踩

进了水渠，污水溅在他腿上，也溅在姬武和师敏丽的脸上。两个人狼狈地跳开，就像一颗炸弹突然落在了他们中间。虞搏索性将另一只脚也踩进了水里，他站在黑黄色的泥水中，像面对敌人一样地仇视着两个伙伴。

姬武说，虞搏你冷静些。

师敏丽满脸泥浆地哭起来。

姬武说，虞搏你听师敏丽的，这姑娘真的不值得让你这样，我打听过了，她的事儿可多着呢。

姬武真的是打听过。姬武找过那家文身店的老板，向人家打问过逗号。老板叽叽咕咕地笑了一通，说这姑娘名堂多了，屁股上都有刺青呢。姬武当时就觉得虞搏要倒霉了，和一个屁股上都有刺青的姑娘同居，会有什么好果子吃？

姬武说，虞搏你再这么下去你就成小丑了。

孰料师敏丽不可思议地冲着姬武叫起来，你滚开，你没有资格骂他！

姬武简直有些哭笑不得，吼一声，你们在这儿当疯子吧！顾自怒气冲冲地转身走了。走出很远，姬武回头，看到虞搏在麦田里疯狂地奔跑着。几个农民高声叱咤，从田埂四面向虞搏包围过去，最后终于抓住他了，扑倒，揪起，抬着往田边走。农民们义愤填膺地用拳头教训毁坏庄稼的虞搏。师敏丽像头母狮般地扑上去。姬武的眼前霎时模糊了，向着自己的伙伴们跑了回去。

保护麦田的农民将虞搏额前打出了几个包。师敏丽也没有受到礼遇，她的反应太激烈，农民们不得不让她也挨了几下。最后，姬武好说歹说，赔了话又赔了钱，才算平息了农民们的怒气。一个消了气的农民给他们撂下半句话，年轻人……

虞搏顶着额头的包回去了。那套房子没什么家具，在逗号的指导下，虞搏添置了一组沙发和一张床垫。床垫就地放在客厅的正中央，像个舞台。沙发摆在一旁，像是专门观礼用的。这个布局，也是逗号决定的，结果骤然驱动了两个年轻人欲望的马力。床垫上的事，虞搏完全是个学生。在这个舞台上，如同一幕大戏，虞搏被逗号引领着，上升，上升，尽情表演，无限上升，才知道了一切原来可以这么百无禁忌，这么邪恶并且快乐。浓度太浓，强度太强，弥散之后人就格外消沉。就像落幕的一刻，虞搏完全品尝到了挥霍之后那种身体与心灵的寂寞，会达到一个怎样消磨人的地步。

虞搏躺在床垫上，额头的包一阵一阵地跳着痛。他想自己可能是被打出脑震荡了。黑夜袭来，房子里没开灯。虞搏在黑暗中试图集中起自己的注意力，他想凝神回忆一下逗号，但是脑子里一片空茫。也不知道是虞搏的头被打坏了，还是逗号本身就是一个不清不楚的存在，总之，此刻虞搏想不起来什么了。

　　夜里虞搏被梦魇住了，一个强悍的女人把他往草丛里生拉硬拽，他很着急，知道这是在梦里，却无论如何醒不过来。他被人家摁倒，不由分说地吻住。这个吻太纠结了，虞搏分明觉得，对方的舌头像蛇的芯子，分着叉。这一惊，倒是让虞搏彻底醒来了，但立刻又如坠梦中。他发现自己真的正被人拥吻着。虞搏失声叫起来，差点要去咬自己嘴里的异物。

　　别叫，逗号的声音在耳边响起，我们这是干吗？我们在一起就是为了互相拒绝吗？不是为了快乐吗？不是为了快乐是为了什么我们要在一起呢？逗号的声音有着梦一样的音调，反复的疑问，反复的自语式的呢喃。突然她哭出了声，哭声瞬间而至，贴着耳朵飘进虞搏的脑袋里。她说，虞搏我爱你。接着就宛如登上了舞台，是再一次地上升，上升，尽情表演，无限上升。

当然了，落幕的时候，照旧是蚀骨地寂寞。已经是黎明了，天光渐亮。

逗号的脸伏在虞搏头顶，问他，好看不？

说着她慢条斯理地向虞搏伸出了舌尖。

就着微弱的晨曦，虞搏眯起眼睛仔细端详了半天，越看越迷惘，越看越糊涂，因为，虞搏实在难以相信自己的眼睛。逗号的舌尖真的像蛇芯子一样裂成两半，一左一右，并且上下各自灵巧地翘翻着。

虞搏没看错。逗号消失了这些天，就是干这个去了——裂舌。和刺青一样，这都是年轻人酷烈的风尚。

几天后姬武收到了虞搏的短信。虞搏委托姬武替他卖掉自己的几十幅油画习作。这些习作堆在学校一间专门的库房里。姬武曾经劝过虞搏，说毕业的时候这些画只能成为累赘，不如早早处理掉换酒喝。虞搏不听姬武的怂恿，似笑非笑地说，就像毕加索的蓝色时期，这些画是他虞搏的蓝色时期。收到短信，姬武第一个念头就是虞搏出事了，需要用钱。姬武觉得这事有必要跟师敏丽说一声。师敏丽听了，想了一阵，对姬武说，你照他说的办吧，送钱的时候叫上我。

姬武雇了辆车，将几十幅画送到了联系好的画廊，像倾倒垃圾一样地倒给了画商。做完这件事，连姬武的心情都阴郁起来。姬武为那些画难过，为所有年轻人的蓝色时期难过。这些画卖了不到两万块钱，算是贱卖了吗？不好说，依然是各有各的理，看你从哪方面说。

　　姬武叫上了师敏丽去给虞搏送钱。姬武看出来了，师敏丽出门前刻意收拾了自己。师敏丽和其他姑娘不同，所谓收拾，不过是把自己弄得更英姿飒爽，更不爱红装爱武装的样子。她穿了件冲锋衣，换上了登山鞋，那派头，像是要去跋山涉水。

　　两个人一进那套房子，首先便被沙发与床垫的组合刺激了，不约而同，相互对视了一眼，有点儿心照不宣的意思。逗号盘腿坐在窗子边，屁股下面是一只拖鞋。虞搏还是一副恍恍惚惚的样子，将他们迎进来，指着沙发说，坐吧，你们坐吧。姬武把装在一只塑料袋里的钱递给了虞搏，他想还是快些离开的好。但师敏丽不这么想，她已经武装好了，现在见了山见了水，就是要跋涉一下的架势。师敏丽坐进沙发里去了，俯视着脚下的床垫，像是把一切都看透了的样子，穿过床垫，都看到地板上了。

师敏丽说，虞搏你过来。

虞搏就垂着手走到师敏丽身边。

师敏丽从自己的双肩包里掏出一叠钱，一声不发地塞给虞搏。那只塑料袋还拎在虞搏手里，师敏丽的这叠钱就让虞搏显得有些手忙脚乱。这叠钱对于师敏丽来说，不是个小数目，她的父母在小城开蛋糕房，经济上并不宽裕。这说明了虞搏的母亲眼光很准，师敏丽就是这样一个扎扎实实对待虞搏的姑娘。虞搏好像是想拒绝师敏丽的，但一下子却是无从说起的感觉。场面就变得有些尴尬。

这时候坐在窗边的逗号发话了，她说，大家喝酒吧。

说完逗号站了起来，左脚钩起刚刚垫在屁股下的那只拖鞋，有些跟跄地去了厨房，随后一手一箱，拎出两箱啤酒来。姬武和师敏丽又是不约而同地对视了一眼，心照不宣——有什么好说的呢，喝吧！于是四个年轻人在这间空旷的客厅里喝了起来。起初姬武和师敏丽坐在沙发上，虞搏和逗号坐在床垫上，错落成两个阵营。一箱酒喝完，落差没了，都坐在床垫上了。师敏丽有备而来，但却用力过猛，她喝得太快了，而且酒量恐怕也最不济，山水跋涉了一半，就人仰马翻了，身子斜下去，倚在了虞搏的肩膀上。

逗号开始给大家表演，把自己的舌尖吐出来，用叉开的两瓣夹住烟。姬武吓了一跳，但他还能克制住自己。师敏丽就不行了，爬过去仔细研究这个现象，然后回头疑惑地看看自己的两个伙伴，突然就热烈地鼓起掌来。表演成功！这让虞搏也跟着松弛了，恍恍惚惚地对着大家信口开河。

虞搏说，我想去唐古拉山，你们想不想？

师敏丽迅速回应，说，想，我想！

姬武已经在大学喝了三年多的酒，比较能把握住，他笑了笑，举举手里的啤酒罐，算是表态。

逗号收回了舌头，很镇定地问，唐古拉山？在非洲吧？

大家都有些发呆，逗号却纵声笑起来，笑得空气都跟着哗啦啦地抖。她的笑声太有感染力了，姬武觉得有无数冒着酒气的黑色小蝙蝠正从她的胸怀中扑翅而出。

年轻人这就喝多了。姬武和师敏丽留下来过夜。四个人东倒西歪的，不知道是个什么睡法。深夜里姬武梦到一只黑色的大蝙蝠倒挂在自己的胸口，姬武忍不住呻吟，这只大蝙蝠在他耳边说，不要出声。第二天早上醒来，姬武在身下发现了一个耐人寻味的痕迹，不是很清晰，在沙发赭红色的布纹上它几乎难以辨识。但姬武却做出了自己的认定，知道那是个确凿无疑的凭据。是的，昨夜那一瞬间师敏丽的指甲锐利地嵌进了姬武的身体。回校的路上，姬武试图去搀扶有些蹒跚的师敏丽，却被她使劲地推开了。

师敏丽向姬武咆哮着喊道，我们什么也没有发生！

姬武心中那份疼痛的感觉瞬间消失。是的，什么也没有发生，姬武对自己说，年轻人，你不过是被一只大蝙蝠亲吻了。

虞搏再次出现在校园里，骑着一辆红色的哈雷摩托。原来他出卖了自己的蓝色时期，是为了换来这辆二手摩托。谁能想到呢？虞搏这个年轻人会像打出水漂的石子一样，弹跳着从一个极端飞跃到另一个极端，从静若止水，到了动若脱兔。现在虞搏是一个愤怒青年的造型，皮衣皮裤，坐在画室里不像个学生，像个杀手。有个开明些的老师，干脆让虞搏别画了，坐到台子上去，摆个造型，让大家画他。骨子里虞搏还是那个虞搏，老师吩咐了，他就照做，尽管有些不情愿，但还是颇为羞涩地做了一回模特。虞搏坐在台子上，姿势是沉思者那样的姿势，一只拳头拄着脑袋。

对于那辆哈雷摩托，虞搏骄傲地向姬武介绍了一番：一个世纪以来，哈雷的理念一直是自由大道、原始动力和美好时光。显然，这话是虞搏从逗号那学来的，买这辆摩托，当然也是逗号的建议。虞搏驾车在操场上给姬武演示了一圈，姬武就明白了，虞搏已经上了另外一个轨道。他开得一点也不快，多少还有些磨磨叽叽，但用心用力的态度，却是一目了然。这么看来，是逗号改造了虞搏，灰姑娘指引了王子。姬武突然觉得这样也不错。他甚至有些嫉妒虞搏了，很想跨上那辆摩托，如同纵马驰骋，怒火万丈地冲上几圈，把前途啦，现实啦什么的，都远远地甩在身后。

虞搏叫上姬武和师敏丽到校门口吃烤肉。烤肉的规矩是吃完了数扦子算账。姬武吃惊地看到虞搏边吃边三根两根地将铁扦扔进了路边的下水道里。姬武肯定虞搏不是为了蒙混那几块钱，这种近乎无赖的行为只是要表现出一种姿态，说明他已经开始向另一种境界靠拢过去了。

虞搏狡黠地对着姬武笑，说，姬武我是一个严肃的人。

姬武不动声色地说，是的，年轻人，我知道。

师敏丽突然站起来狂奔而去。姬武和虞搏在后面追了几步，她却像只羚羊般地迅速。这时虞搏就暴露出了他的无措，收住脚和姬武面面相觑。姬武指指路边的那辆摩托，有些幸灾乐祸地说，追吧。虞搏茅塞顿开地拍下大腿，就去发动那辆威武的摩托，结果却半天发动不起来。姬武站在一边看他穷忙乎，心里不知是喜是悲，觉得乏味极了。

就是这样，同样是被青春那双大手拧巴着，改弦更张，虞搏上了另外的路。姬武是被拧向了赤裸裸的现实；虞搏呢，梦想没了，现实又不放在眼里，干脆就拐个弯，背道而驰，往现实的反面而去，好像怕速度不够，他还要骑上一辆大马力的摩托。当然，在"自由大道、原始动力和美好时光"这条路上，虞搏这个小城市走出来的年轻人还是个生手，一起步，难免跌跌撞撞。不久他就出事了，逗号打电话给姬武，让姬武给虞搏送些画布和颜料去。姬武奇怪虞搏为什么不亲自打电话，逗号说，他骑车撞树上了。

姬武赶去看虞搏，好在虞搏伤得并不重，只是断了一条左腿。虞搏的左腿打着石膏，人一下子却显得沉稳了，好像受伤这件事，能够增添一个年轻人的分量。显得沉稳的虞搏让姬武给他送去画具，为的是不耽误毕业创作。看来还真是沉稳了。姬武却有些说不出的忧虑，他看到逗号的脸上也有些伤痕，以为是两个人一起撞了树。其实不是。逗号脸上的伤连虞搏都不知道是怎么来的。现在虞搏已经渐渐习惯了逗号的行为。她经常会莫名其妙地消失三两天，回来时又经常莫名其妙地带着些伤。虞搏认为自己已经理解了逗号，这就是一个喜欢居无定所，四处流浪的姑娘。从她的嘴里，你也别想问出个什么究竟来，她要么不说，要么这次说的和上次说的大相径庭，让人分不清孰是孰非，但你又无法质疑她的恳切，因为她的任何一种说法都让人觉得是肺腑之言。虞搏归纳不出这里面的逻辑，但他觉得自己开始可以理解了，作为视力表中的字母"E"，逗号在虞搏眼里，已经渐渐有了一个轮廓。这说明，小城市来的年轻人与大城市里的年轻人见识趋同了。

大学最后一个寒假姬武和罗小沛去了上海。罗小沛的一个亲戚举家回内地过年，空出的一套房子将年轻人的目光吸引到了这座大都市。走在上海街头，姬武像迎面遇到了一个全副武装的挑衅者，心里充满了要和对方打上一架的冲动。大都市坚硬的不锈钢般的气质和弥漫的奢华风格逼催着姬武年轻的心。这番风光不由分说地令姬武着迷，同时又让姬武伤感莫名。罗小沛整天闷在房子里画画，姬武就一个人从早到晚浮游在鳞次栉比的建筑丛林中。姬武才不去画什么画儿呢，在这个耳朵里听到的都是金钱撞击声的地方，姬武笔卜画出来的只能是美元或者英镑。

罗小沛却才情迸发，躲在这座城市的角落里创作出了一幅油画。在这幅油画上，罗小沛大胆地使用着材料，结果产生了意想不到的效果。画面上一枚硕大的果实悬于空中。天空被罗小沛处心积虑地画成了血一般的猩红色。那枚果实硕大得充满了不祥的气息，是用一些拌成青红色的木屑直接粘贴上去的。它就那么无根无据地悬挂着。罗小沛叫它《盛夏的果实》。

新学期令人焦虑不安。行将毕业，激烈的现实一股脑包围过来。姬武忧心忡忡，夜夜做着站在中学讲台上的噩梦。指导老师在姬武的宿舍里看到了那幅《盛夏的果实》。姬武都忘记了罗小沛干吗将这枚妖果放在他这里。老师被吸引住了，建议姬武将这枚果实送去参加一个美展。姬武毫不迟疑地在参展表格上签下了自己的名字。对此，姬武没有感到太大的不安，依然和罗小沛在操场上望天发呆。

虞搏寒假也没有回家，他跟家里撒了谎，说自己在参加一个社会实践。虞搏实践什么了？倒也颇有收获，他的摩托骑得越来越快了。在逗号的引荐下，虞搏结识了一个玩哈雷摩托的圈子。让他惊讶的是，这个圈子里的成员居然不乏一些成功人士，到了夜晚，他们扔掉西装革履，亮出身上的刺青，一边用大油门的轰鸣制造出尘嚣，一边做着远离尘嚣的梦。虞搏夜夜和一帮人飙车，在立交桥上风驰电掣地呼啸来去，这反而让他获得了安静，没有像他的同学们那样惶惶不可终日。虞搏觉得自己已经找到了一种未来的生活方式，那就是"积极的颓废和热情的冷漠"并举。这实在是让人难以评价，年轻人的故事，就是这么难讲，因为你要用道理去跟他们讲，他们往往是听不进去的，所以他们的故事里没有道理可跟你讲。还是要老调重弹，各有各的理，看你从哪方面说。

　　姬武整天忙着做噩梦，多少忽略了自己的兄弟虞搏，直到虞搏被人抬着送到了眼前。虞搏的左腿又断了，还是因为骑摩托。这让姬武觉得上次的事故不过是个预演。不同的是，这次逗号不在，她又周期性地失踪了。所以虞搏要求和自己飙车的那几个人将他送回了学校。

　　临到毕业生离校之际，校园里都会失去秩序。和刚刚入学时的凌厉相比，校方的态度来了个大转弯，虎头蛇尾，在结局的时刻对一切都睁只眼闭只眼了，仿佛对一群怙恶不悛的子女失去了信心的父母，干脆听之任之，放任自流了。虞搏拖着一条打着石膏的腿进进出出，居然没有一个老师来关心一下——哪怕是干涉一下。师敏丽这就有了一个"管着点儿"虞搏的机会，她无微不至，女性的特征因此焕发出来，都变得不太像李宇春了，像张靓颖了。

　　虞搏拖着几公斤石膏在校园里晃荡，成了一个焦点，一个偶像。除了毕业生们心事重重反应迟钝外，低年级的同学几乎都被这个恍恍惚惚的伤病员吸引住了。他们喜欢虞搏，当然不是因为了那几公斤石膏，是因为虞搏热衷于给他们讲些稀奇古怪的事。虞搏郑重地对他们说，鲍勃·迪伦更应该算作诗人。

所以姬武常常被人追着问，见到虞搏了吗？虞搏在哪？我们找他聊天。

就在虞搏大受追捧的时候，失踪多日的逗号从天而降，脖子上带着些瘀伤找到了学校。

逗号先找到了姬武，姬武带着逗号在体育馆找到了虞搏。虞搏正被一帮低年级学生围坐在一张乒乓球桌上。那实在是一幅奇怪的景象，身披格子衬衫的虞搏安详地坐在一群年轻人中间，直着一条腿，像一个布道者似的。虞搏看到了逗号。姬武发现虞搏眼睛里的火花倏忽熄灭了一下，就好像一个正在吹牛的孩子，陡然见到了父母。姬武把他们送到校门外。逗号招手拦下辆出租车，上车前虞搏突然张开双手和姬武拥抱，说，再见了姬武。

姬武被他的举动闹得有些难为情。车子启动时，姬武看到虞搏的脸紧贴在车窗玻璃上向他说着什么。虞搏的脸挤在玻璃上，都挤变形了。

没过多久逗号就送来了虞搏被捕的消息。原来这次虞搏搞断了自己的腿，不是因为撞了树，是因为撞了人。被撞的是一名中年女人，要命的是，和虞搏飙车的那几个成功人士只顾着救助了虞搏，让虞搏基本上算是肇事后逃逸了。撞人撞得自己都断了一条腿，你想那该撞得有多重？结果中年女人死在了医院里。

姬武被逗号约了出去。

站在一个街角，逗号对姬武说，救救虞搏。

逗号神经质的诉说让姬武以为这个姑娘把他当成了法官。她颠三倒四的，让姬武好半天听不明白她要表达什么。但姬武的心却真的悬了起来。之前姬武还有些迟钝，首先想到的只是虞搏不能参加毕业考试怎么办。

逗号说，只有他们可以救他了。

姬武问，谁可以救虞搏，他们是谁？

逗号说，我父母，他们谁都可以，他们只要一句话就可以使虞搏获释。你陪我去一趟，跟他们证明虞搏是个好人，是一名大学生。

一对权势显赫、有能力罔顾法律的父母？这算不算又是一个传奇的故事呢？姬武想起另一个故事，十六岁的少女，流窜犯什么的，他无法判断这两个天差地远的故事哪个是真实的，哪个才是真正属于这个逗号的。逗号就是一个将自己披挂上了甲胄的姑娘，乳房上的蝙蝠，屁股上的刺青，口中的裂舌，指上的银镝，她用这些东西武装了自己，那意思就是——别想知道我是谁。

即使将信将疑，姬武也必须和逗号走一趟。姬武跟着逗号走在路上，那感觉，就是从一个故事在走向另一个故事。大家可能看出来了，逗号这个姑娘才是我们这个故事里的主角，我之所以从虞搏和姬武这里开始讲，完全是因为对于逗号这个年轻人，我实在无力做出更多的说明。可不，我也一眨眼就发现自己已经老了，看不懂这样的年轻人了。

那是个有武警站岗的权力机构，进门时荷枪实弹的军人扣下了姬武的学生证。事后姬武想，这就好像是要去看一出话剧，进剧院时，他还被人验了门票。大楼是那种上世纪的俄式建筑，栉风沐雨，却更显肃穆。在四楼的一间办公室里，姬武见到了逗号的母亲。她是个像这栋楼一样保养得很好的妇人，与失魂落魄的逗号相比，她更像是逗号的姐姐。办公室里装着空调，落地窗又是茶色玻璃，因而整个房间与屋外的初夏恍若隔世。逗号的母亲坐在一张真皮沙发里，她用几乎是厌恶的目光斜睨着两个年轻人。

逗号压抑地说，我有事求你。

噢？你会来求我？

是的，我求你，只有你能帮我了。

妇人严厉地说，这一点你早该认识到。

逗号咬着嘴唇，反复说，我求你，帮帮我。

姬武发现逗号即使情绪紊乱，但说话时依然尽量紧闭着嘴唇，因此，她说出的话就像是在哼哼。姬武想逗号是怕自己一开口，就在这个妇人面前亮出她那骇人的裂舌吧？

什么事？说吧。妇人缓和下口气，但立刻又语调冰冷起来，你快一些讲，不要让你父亲撞到你。

姬武猜想逗号的父亲也是这栋大楼里的人物。

你去打个招呼，我有一个朋友被关起来了……

妇人打断逗号说，你走吧！你居然让我去为一个流氓说情。

不是的，他不是，逗号双肩战栗着，绝望地哼哼。她发出的腔调不像是吞吞吐吐，含混着，倒像是激烈的驳斥。逗号说，他是个正派人，绝对是一个好人，他是个大学生……

妇人断喝一声，你好好说话！呜噜些什么！

姬武正在想是否该自己出面做证了，听到逗号终于清清楚楚地放言说道，我有了他的孩子！

妇人怔了怔，随后激动地呻吟了一声，好人？你会认识什么好人？你的舌头怎么了？天！你真让我恶心！

姬武跨上一步说，您看，逗号毕竟是您女儿。

逗号？我没有一个叫逗号的女儿，我……

妇人鄙夷的腔调戛然而止，眼睛里不可遏止地浮上一片恐惧。

嘭——，一声沉闷的声音。

姬武转回头去，看到逗号只一瞬间就消失了。与此同时，姬武确凿地看到有一只黑色的蝙蝠从窗外扑翅而过。强烈的阳光从玻璃窗撞碎的地方一泻而入，房间的地面上像是被上帝突然加盖了一枚明媚的图章。

妇人抢了两步，探头从那个洞开的窟窿向下张望了一眼，突然转身面向着姬武，伸出一根手指，颤抖地临空虚点着这个年轻人。

姬武没有想到逗号母亲的手会伸得这样长。回到学校的当天，一位副校长就找姬武谈了话，警告姬武要检点自己的行为，有领导来调查过他的情况，希望他本分一些。

　　好在这些似乎并没有给姬武带来更大的麻烦。姬武如愿留在了省城，进了专业的画院。起关键作用的是那枚盛夏的果实，它挺合乎评委们的口味，在美展中获了奖，于是姬武的就业前景一下子便光明起来。罗小沛对这件事绝口不提，仿佛根本不知道。但姬武想罗小沛对一切是心知肚明的。罗小沛没有把事情挑明，并不说明她对姬武不怀芥蒂。姬武明显地感到，罗小沛面对他时有了一种调侃的态度，就连他们亲热时，罗小沛的眼神也时时流露着一份令人玩味的笑意。于是两个年轻人就常常在亲热时互相心有灵犀地笑着。可这又能怎样呢？年轻的姬武并不是那么需要一个姑娘的尊重，毕竟，在年轻的时候，大家只是彼此途经的风景。

　　姬武只是在和罗小沛分手时才感到了一些忧愁。罗小沛的家在一个更小的县城，毕业了，她得回去，就像被省城清理出去了一样。姬武去火车站送罗小沛，一个坐在车厢里，一个站在月台上。起初两个人还在笑，隔着车窗玻璃，玩味地笑，心有灵犀地笑。他们之间并无约定，谁都知道，此番别后，一切就是终了。但笑着笑着，两个年轻人就是泪流满面了。

　　师敏丽也要回家了。走之前，姬武约她一同去看虞搏。他们坐了半个小时的车来到关押虞搏的那个看守所。虞搏的状态比姬武预计的要好，并不是姬武以为的那样会剃着一个青惨惨的光头，而是短短地长着寸把长的头发，反而显得很精干。虞搏的身体似乎也强壮了一些，只是脸色有些苍白。看到他们，虞搏笑了。

姬武和师敏丽陪着虞搏笑，接着又讲了讲各自的现况。师敏丽毫无疑问是要去做一名中学美术教师了。虞搏的案子还没有判，前景似乎比较乐观，因为虞搏的父母已经来过几趟了。不过姬武还是有些替虞搏担心。这些日子全国发生了好几起肇事逃逸的案子，肇事者不是官二代就是富二代，其中有一个撞了人，害怕对方不死，干脆下车连续捅了人家好几刀，网络上传疯了，舆情激愤，要求严惩这些让人匪夷所思的年轻人。在这种形式下，好像对虞搏不太有利。

后来三个年轻人共同回忆起每年专业报考时的情景：相当一部分考生由家长陪同着从外地赶来应考，为此聚集在学校门口的家长们熙熙攘攘，他们的脸上写着希望与焦虑，他们的背包里带着食品、饮料、雨伞、画具，望子成龙的心情令人感动。而这些，三个年轻人也都曾经历过。

姬武对虞搏说，姬和虞，咱们的姓，都是古姓。

虞搏笑嘻嘻地听着。

师敏丽终于说出了蠢话。她嗫嚅着说，逗号，她挺好的，她……

姬武不敢去看虞搏。一只黑色的蝙蝠在姬武眼中一掠而逝。这只蝙蝠年轻的内心藏着什么？它可以穿越黑夜与白昼，却过不去一场稍纵即逝的青春。

是的，我知道，她挺好的，虞搏出其不意地说，前几天她还来看过我。

姬武像听到某种咒语般地呆住。师敏丽把头别过去，眼泪甩在了姬武的手背上。

师敏丽说，虞搏我要有本事我会把你从这救走的，我会把你救走的。

「金 枝 夫 人」

第一幕

　　我有个哥们，平时不大爱说话，但一开口，就有些让人忍俊不禁。譬如，形容阴天，他会说阴霾，形容晴天，他会说万里无云。这看起来好像没什么稀奇，但是，我说"形容"，只是个笼统的说法，其实不如说是"瞎聊"。这就好玩了，想一想，一个正随口和你打着招呼的人，一张口，就带着股舞台味儿和戏剧感，你是不是会有点儿傻眼呢？你也许会认为，我的这位哥们可能有些迂腐，文人嘛，就爱酸文假醋。不是这样的，这哥们其实挺朴素——他是我们小区的保安。有一回，我拉着他喝小酒，喝到差不多的时候，他跟我来了一句："不管你是谁，在你身体里，总有那么一部分，渴望自己是另外一个人。"我的确是有些震惊，当时的酒意，也恰好有助于我领会这句话的真谛。我定定神，琢磨了一下，突然就冒出了一声咏叹调般的叹息：啊！这一声"啊"可不简单，完全是舞台上的发声方式，是那种高屋建瓴的声音。我觉得我是从内心最深处释放的这声叹息，虽然带着股酒味儿，但在那一个瞬间，我的确成了"另外一个人"。这声共鸣很好的叹息，让我顿感疲惫，甚至还有些痛苦，但就像打了个酒嗝一样，其后又让我通体舒坦。

另外一个人，戏剧感，舞台化，不借助点儿酒意，是挺难把这些东西糅合在一块儿。但我喝得差不多了，所以，我就有些理解我的这位哥们了，从此把他视作是让我感到敬畏的少数人之一。

在这一点上，金枝是有些心得的。读大学时，金枝参加过学校的话剧团，《麦克白》，金枝饰演女主角，麦克白夫人。当然，相对于那位著名的舞台人物，当时的金枝，完全称得上是一张白纸。在见到唐树科之前，二十岁的金枝连恋爱都没有谈过（即使对于一个小县城长大的姑娘，这都是很少见的了。不是吗？文学作品早就教导我们，好像越是蛮荒之地，少女们的情窦越是萌动得剧烈一些）。但这不妨碍金枝在舞台上获得成功。淋漓尽致的表演，当年为金枝赢得了"金枝夫人"的称谓，同学们这样叫金枝，就连有些不太严肃的老师，也这样叫金枝。这说明，人类的确是有些微妙的共通点，一个16世纪的苏格兰贵妇，在本质上，能被一个当代中国小县城里的姑娘所把握。

说到戏剧性，在我们的生活中并不鲜见，我们缺乏的，只是大师们那样宏观的提炼与概括。金枝和唐树科的恋情便可佐证：

——校门口那排公用电话前人满为患，焦急的金枝在每个人背后乱转。金枝急需打一个电话给家里，父亲托人给她带话说，母亲煤气中毒，被送进了医院。可是每一部电话的使用者都仿佛有着说不完的话，根本没有放下电话的意思。好不容易有人挂断了，金枝却恰好转到了另一头。当金枝飞奔过去时，另一只手已经拿起了话筒。这是一个又瘦又硬的家伙。他的瘦一目了然，而他的硬，体现在他的眼睛上——这个家伙不用正眼看人，目光斜斜地觑向天边。金枝认为这就是感觉了。本来，在一个小县城长大的金枝，感觉并没有这样灵敏，但是如今金枝读了中文系，并且在学校的舞台上饰演过了麦克白夫人，用悲伤的语调大声朗诵过"我们的行为本来是光明坦白的，可是我们的疑虑却使我们成为叛徒"，所以，感觉已经被熏陶出来了。

唐树科的身材挺标准，稍微有点儿佝，面孔算不上英俊，但很好看地有着一股孩子气。有的成年人长着一张孩子脸显得古怪，而有的却非常自然，让人觉得标致。在金枝眼里，唐树科的脸就属于后者。尤其是他的那双眼睛，旁枝斜逸，于是就给同样来自小县城的这位男青年平添了一份难得的傲慢。后来金枝知道了，唐树科的这番派头，完全是源自一个无可奈何的生理缺陷——他天生有些斜视。但这已经无法推翻金枝的感觉了。金枝觉得，对于他们这样来自小县城的青年，斜视反而是一种必要的气质，仿佛尊严会由此提升，与其那样司空见惯地低眉顺眼，倒真不如这样对着世界摆出一副目空一切的样子。

他们在一部紧俏的电话前遭遇，唐树科眼望天边，把电话递给了金枝。金枝被唐树科打动了。他的瘦和硬，他令人喜欢的孩子脸，他斜向一边的视野以及友好的举动，让金枝在一瞬间爱意萌生。金枝一下子变得心猿意马，拨通家里电话后都只是匆忙地询问了几句，在得知母亲已经没有什么危险后，就飞快地挂断了电话。

追出几百米，金枝在一个书报亭前堵住了唐树科。

这就是他们的开始，依靠青春的直觉和勇气，依靠着《麦克白》所滋养出的态度，金枝夫人撞开了爱情的门。原来唐树科是物理系的，他们分别在两个不同的学区上学，如果不是盯上了同一部电话，也许他们一辈子都没有对视的机会。

他们相爱了，热乎乎地抱在一起接吻，粗重地喘息着探索对方的身体。

这个时候，即使在那样一个地级师范院校，也已经有很多学生恋爱后纷纷搬出校门，在校外租房子同居在一起。金枝和唐树科也租了一间小平房，把自己的行李和爱情安顿进去。但他们的同居却是有名无实的。这的确又是一件挺有戏剧感的事。他们在自己的小天地里舒展着年轻的身体，完全赤裸着拥抱在一起，彼此之间毫无秘密。他们相互抚摸与撩拨，唐树科非常敏感，一个湿乎乎的吻就能让他坚硬。但每每到了情难自禁的关头，唐树科都会坚决地控制住自己，当然，有时还需要控制住金枝，来个急刹车，让两个正风驰电掣着的身体一阵踉跄。唐树科艰难地说："不！"他让自己的欲望熄火，有个不错的理由：这件事，他认为应当是新婚之夜的保留节目，届时，才能隆重推出。天啦天啦！这多么让人感动！完全是舞台化的效果，让金枝几乎要像麦克白夫人那样脱口感叹："我却为你的天性忧虑，你那太多的慈悲心肠使你不敢采取最近的捷径。"

金枝觉得自己是遇到了一个天使，或者一个舞台上演对手戏的搭档，这个天使一样的搭档，对她的爱，可以战胜肉体上的那些事儿。两个年轻人兴味盎然地研究对方的身体，花样百出，心旌摇曳，又在身体爆裂的时刻呻吟着停顿，使之前的一切都在一种华丽的戏剧感中休止，没有虚空，不感到颓废，总是把那股子劲儿蓄积在身体里。

这样的同居让金枝产生出自豪感，觉得自己与众不同，纯洁，干净，活在一份正当性很充分的美中，清清白白地爱着。这爱奇特，是一个灵异的秘密，给了金枝夫人一种光荣的底气，身体都骄傲起来，趾高气扬，走在校园里都是昂首挺胸的，宛如迈着舞台上的步履，内心那种源自"小县城"的天然的卑怯也大为减弱。

有一天早晨，金枝醒来时发现唐树科鬼鬼祟祟地擦拭着自己。金枝问他怎么了呢？他的脸一下子涨得通红，紧接着，金枝也恍然大悟了。作为一名大学生，这点儿生理常识金枝还是具备的。眼下，这个常识让金枝一阵大为感动，年轻的身体在清晨一瞬间湿润。金枝紧抱住唐树科说："要了我吧，今天我就是你的新娘。"唐树科的喘息一声比一声粗重，哼哧哼哧地和自己做着斗争。最终，他还是用两只手扳住金枝赤裸的肩膀，喉咙冒烟地说："金枝，看着我的眼睛。"

"看着我的眼睛"，这句话是唐树科的专利，就好像胎痣一样长在他身上。唐树科在每一个自认为严峻的时刻，都会用手扳住金枝的肩膀，脸对着金枝的脸，提纲挈领，用"看着我的眼睛"这句话，作为诉说的开始。当然，即使是与人对视，天然的眼疾也总是令唐树科的眼睛朝向天边，就是一个目中无人的效果，但是在他"看着我的眼睛"的强调之下，这双斜视的眼睛就有了夺人的力量，使人迅速地被它裹挟而去，仿佛是带离了大地，飘向了天空。

金枝看着唐树科那双旁若无人的眼睛，听他毫不含糊地说："我们不能够做任何有可能损坏我们爱情的事，要知道有多少爱情是被身体损坏的吗？金枝夫人，我们不能冒这个险。"

这样的措辞，以及措辞的音韵和腔调，本身就足以打动金枝，而且这份情绪对他们也实在有效——时代浩荡啊，一对儿小县城出来的恋人，需要如此的高蹈以资翱翔。

金枝大学读的是一所地级师范院校。在我们国家的行政区划中，地级是介于省级和县级之间的那么一个行政区域，包括地区、自治州、行政区和盟。金枝和唐树科，都是县城长大的孩子，就是说，他们是这个国家处在金字塔最低端的那部分城里人。当年他们考上地级的师范院校，差强人意，也算是在这个敦实的金字塔上，迈上了一级台阶。

毕业后，他们继续攀登，来了兰城。人往高处走，这也没什么好说的。这样的攀登，我们已经习以为常了，好像也不值得大书特书。其实金枝自己，也并没有觉得自己是在经历着什么波澜壮阔的事。人在二十多岁的时候，世界给予人的历练几乎都有点儿按部就班的意思，太阳之下无新事，这同样也没什么好说的。要说传奇，早就被历代大师们弄到了舞台上。经过浓缩，经过夸张，我们的那点儿攀登史，都被矫揉造作地提炼概括在里面了。所以有个捷径，我们要事半功倍地体验人生况味，最直接的办法，就是去参考戏剧。舞台上演绎出来的人生，总是有些言过其实，用的那股劲儿，就是"矫枉过正"。但你要知道，当我们打量这个世界的时候，天然是有些愚蠢的，那么，针对我们的愚蠢，矫枉，就必须过正了——不如此，不足以使我们受到教育。而且，戏剧感这种东西，实在叵测得很，有时候颇能蛊惑人心，要是你在悲伤的时候，依旧能像在舞台上一般地慷慨陈词，如我那位保安哥们所言，成为"另外一个人"，那么悲伤一定就会大大地打个折扣。说什么不要紧，要紧的是说的方式，如果我们总是能以一种戏剧的铿锵来面对生活，对着所有的不堪雄辩滔滔，是不是就会获得某种超然的安慰？

舅舅在兰城的一所私立学校为金枝找了份工作。金枝还记得，一下火车自己头上的帽子就被风吹跑了。唐树科撂下行李去给金枝追帽子，一直追出十几米才把它抓住。旁边的几个民工哈哈大笑。那时候金枝和唐树科都很乐观，警惕性不像后来那么高，他们也跟着笑，觉得这个城市真有趣，风居然会把人的帽子吹跑。可是这种乐观的态度很快就像金枝的帽子一样，被兰城的风给吹跑了。

他们在一个叫"砂坪"的地方租了套一居室的房

子。他们把它称为"窝"。"砂坪"这样的地名，不太像是一个兰城的地名，像是他们县城里一个耳熟能详的地方，听起来倒有种亲切感。他们在砂坪的"窝"里一住就是四年。这样算是不错的了，要知道，有多少像他们这样的外来者，在一座新的城市攀爬时，总是难免居无定所，颠沛流离。

四年来，金枝对兰城整体的认识，几乎就是"砂坪"这个概念。金枝更觉得自己是来了"砂坪"，而不是那山高水阔的兰城。他们把自己租住的房子叫作"窝"，最初这是爱巢的昵称，可渐渐地，它越来越贴近了"窝"的本义。它真的是个"窝"，只能够容得下一对恋人蜷缩在里面，粉刷一新的墙壁也渐渐布满了可疑的划痕和污迹——有一只鞋印落在墙上，高度让人大感不解，金枝和唐树科谁也想不起，是在怎样的状况下，他们会让一只鞋飞到了墙上。

初到兰城，唐树科情绪高涨地找了两个月的工作，最后终于在一家贸易公司落下了脚。可是只干了一周，就喉咙起伏着回来了。具体原因金枝到现在也不清楚，只是明白唐树科一定是受了莫大的委屈，以至于坚决不肯再靠着报纸上的招聘广告找工作了。这也的确是难为唐树科，他学的是物理，兰城不可能是他的一间实验室，而离开他的专业，他又能做什么呢？唐树科不善交际，有时候甚至有些虚张声势，他其实对自己的眼疾挺在乎的，很难和他不喜欢的人相处。可是，兰城又有几个人会喜欢他唐树科呢？最后还是舅舅收留了唐树科，安排进自己的广告公司了。这样才算初步稳定下来。但是，稳定住的，也只是艰苦的生活。两个年轻人刚刚开始驾驭自己的日子，却一下子被抛到了一个完全陌生的城市里，他们得在这里练习生活，练习爱，练习方方面面的承担。这比金枝在学校时排练一场 16 世纪的异国戏剧难多了。好的心态非常迅速地被瓦解掉，两个人再也不觉得兰城有趣了。

开始的时候，两个年轻人还都暗自克制着自己，总想让对方觉得"前途是光明的"，又要掩盖住"道路是曲折的"。他们躺在床上手握着手发誓说，等到攒够一定的钱，就在兰城买幢房子结婚。毫无疑问，谁也没有去确定这"一定的钱"究竟是多少。他们岂敢去计算，小心地回避着某一个吓人的数字。后来这种温暖的谨慎也慢慢地消失掉。他们开始吵架了。是从哪天开始的，是为了什么，现在都记不清楚了，只是记得有几次吵得特别地凶，都发展到互相侮辱的地步。其实真的是没有具体的原因，都是些模糊的情绪成为导火索。

有一次金枝买了双鞋子，回去试穿时说了句"我们同事都说这鞋漂亮"，唐树科的脸就冻住了，一直不理金枝。到了晚上，唐树科陡地用手扳住金枝的肩膀，说："金枝，看着我的眼睛，你告诉我，你真的就那么在乎别人的看法吗？"这事来得蹊跷，金枝一下子没弄明白，等回过神，才和几小时前的那句话联系在一起。金枝委屈死了，她一个人又想了几个小时，想自从来到兰城，自己只买了这唯一的鞋子，想他们从来没有比较正式地在外面吃过一顿饭（唐树科倒是带她上过一次酒吧，不过那也是路边一个自称是酒吧的破棚子），想自己推掉学校组织的所有活动，只是怕唐树科一个人在家里寂寞……而唐树科，现在让她看着他的眼睛。这样金枝就在深夜尖叫了起来，直挺挺地从床上一跃而起。

金枝冲着身边熟睡的唐树科大喊："是的！我在乎别人的看法！和你在一起我感到羞耻！"

这么一喊，金枝内心与世界之间的通道就洞开了，通风良好，块垒顿消。就像是自己也万般错愕一样，金枝瞪圆了眼睛，原来是这样呀，无论悲喜，只要陷身在一种戏剧化的氛围里，只要能像站在舞台上表演一般地激越诉说，自己就有种解脱与释放的滋味了。

唐树科被人从梦中吼醒，劈面听到的又是这么一句杀伤力极强的话，端的是有一种心胆俱裂的滋味。他喉咙夸张地起伏着，既像是在吞口水，又像是在吞苦水。然后他起来穿上衣服就走了，第二天的清晨才回来，敲开门后一把抱住金枝放声大哭。金枝也是一夜没睡，被唐树科这样一搞，吓得也跟着大哭。金枝觉得天都要塌了。以前唐树科从来没在金枝面前哭过，他的斜视在金枝眼里就是桀骜不驯，就是坚忍不拔，金枝根本接受不了他的恸哭。

"金枝，你看着我的眼睛！"唐树科大哭着要求金枝。

两个年轻人泪眼婆娑地相互凝视。当然，在金枝看来，唐树科一如既往地熟视无睹着。

唐树科说："我们永远不要分开！"

他这话与其说是在要求金枝，不如说是在自我起誓，像宣言，也像告诫。

金枝的心抽得紧紧的，一句话也说不出来，只是一个劲地呜呜大哭。但是哭着哭着，意志就跑开了，另辟蹊径，往一种演绎与诠释的路子上去，效果随之而来，把这个泪人儿带进了"金枝夫人"的情绪里。

第二幕

　　转眼间他们来兰城四年了。不时从家里传来一些消息：同学里面谁和谁结婚了，谁和谁已经有了孩子。舅母也不厌其烦地劝金枝，说她和唐树科在一起是没啥希望的，说得金枝心烦意乱，终于有一次恼了，厉声喝问舅母："那你和舅舅在一起又有啥希望？"舅母张口结舌，当时她正在织毛衣，织来织去，正是厌倦陡生的一刻，突然被人问起希望何在，瞅着自己手里的编织物，这个四十多岁的妇女，一下子倒也无从回答了。

　　这个时候，金枝和唐树科的同居依然是名不副实的。加起来，他们同居有六年之久了，金枝却依然守身如玉。这真的像是一个传说吧，有时候连金枝自己都觉得匪夷所思。他们已经完全熟悉了彼此的身体，却始终没有结合在一起。这种局面在金枝的心里渐渐异化成了另外一番滋味，变成一种难以启齿的隐疾，不再能够给予金枝力量，反而让金枝多了份尴尬的狼狈和特殊的忧愁。他们像一对八十岁的夫妻那样相互抚摸着，身体渐渐地变得难以点燃，绵唧唧，软塌塌。他们接吻，拥抱，抚摸，然后瞌睡。眼看着自己身体中一样重要的东西像水一样地蒸发掉，金枝才意识到，某些像小金币一样熠熠生辉的情感，却正在败坏自己年轻的身体。总是把情难自禁搞成情何以堪，换了谁也吃不消啊。其实学物理的唐树科应该明白，他总这样紧急制动，实际上是有风险的，好比一辆性能优越的快车，路面情况不好时骤然急停，过低的附着系数反而会使车子失去控制，发生侧滑、甩尾，甚至翻车。

终于有一天，金枝目睹了自己的舅舅像训斥一个民工似的训斥唐树科，声色俱厉，一根遒劲的食指几乎要戳在唐树科的脑门上。金枝只见过一次舅舅对人发这么大的火。那一次是因为装修房子的民工砸漏了他们家的暖气管，舅舅暴跳如雷，愤怒的食指像一把利剑上下飞舞，朝着肇事者的脸上穿刺。可怜的民工躲避不及，脸上被点击得红一块白一块。而这一次，舅舅的食指指向了唐树科。但唐树科毕竟不是一个民工，他倔强地用脸对着舅舅，像一个迎着子弹挺身而上的战士。他如此认不清形势，倒叫舅舅的食指在最后关头失去了一往无前的劲头，不得不点到为止。这就有些滑稽了——子弹却躲避着目标。

"滚蛋！你给我滚蛋！"舅舅快要疯掉了，激昂的食指变成了哆嗦的面条，他只有让唐树科滚蛋了。

唐树科像一头牛似的冲出来，站在门外的金枝慌忙躲进了隔壁的办公室。

金枝是抽空来舅舅的公司看唐树科的，却看到了这样的一幕。

金枝不能让唐树科发现自己，他会受不了，金枝也会。唐树科是金枝的天使和搭档，他的不堪就是他们共同的不堪。金枝看到办公室里的两个小姐故意装出若无其事的样子，一个对着镜子补口红，一个站起来整理办公桌。她们和唐树科都是舅舅广告公司的员工，她们也知道金枝和唐树科的关系，所以她们需要装模作样，仿佛没有听到那边的风暴。她们越是这样，金枝越是伤心。

金枝进到舅舅的办公室，了解了事情的缘由：唐树科擅作主张，把几十公里高速公路的户外广告赠送般地签给了一家客户。舅舅余怒未消，刚刚没有击中目标的食指再一次对准金枝飞舞了起来。他形象地比喻道："你的这个斜眼把我的别墅当鸡窝给卖了！"

金枝很自觉地配合着舅舅的指头，主动地左躲右闪。

金枝嗫嚅着问："没有补救的余地了吗？"

舅舅吼道："合同已经签了，这里是兰城！什么都是有规矩的，你以为是在你们那个破县城！"

这句话比舅舅的食指更厉害，正中金枝自尊的靶心。一股中弹的滋味把金枝击穿，同时，一种舞台化的情绪在金枝心里蔓延，以至于让她忘记了躲避迎面而来的指头。"噗"的一声，金枝感觉到鼻腔里一阵酸涩，然后有股热流涌了出来。舅舅显然没有料到他虚晃一枪的指头居然会真的找到了目标，并且造成了血淋淋的后果，他傻在那里，翻来覆去地研究起自己的食指来。金枝转身捂住自己的鼻孔走了。

当天下午，舅舅找到学校来，把一只大信封袋子放在金枝的办公桌上，那里面装着百安大厦三十层楼顶广告位的手续。

舅舅不无沉痛地说："你拿给唐树科去做，即使他再当鸡窝给卖了，也值个一二十万，权当是舅舅给你的嫁妆。"

　　舅舅是金枝在兰城唯一的亲人，他这么做，算得上是仁至义尽。一二十万，就是金枝的亲生父母，也拿不出这样的嫁妆。金枝的父亲是个手艺人，在小县城里用竹篾编筐子筛子之类的东西，直到金枝考上大学之前，这个父亲一直是把金枝当成个继承人来培养的，他没什么愿望，要说有，也就是让自己的那门手艺成为一个祖传的行当，编竹篾，家族里他算是第一代，而手艺人总爱讲究个师承，弄成家传的，含金量就会提升。一个只有这么点儿朴素抱负的父亲，哪儿能给姑娘陪上一二十万的嫁妆？

　　金枝的心里一瞬间光明涌现。她和唐树科的爱情跋涉终于见着了曙光，这笔钱，意思有点儿接近那笔"一定的钱"了吧？但曙光照亮了的，不仅是道路，也昭示了荆棘。金枝发现，原来如此，自己和唐树科的爱情，用一二十万，就可以为其称出重量。金枝从来没有过这样的认识，直到今天看到了光明，才让那份黑暗暴露了出来。这多让人心酸。他们在兰城，除了你看我我看你，从来就不敢理直气壮地去打量这个城市。在他们的视野里，兰城的舞台与自己毫无关系。充其量，他们只是躲在最后一排的观众，时时还有股"逃票者"的紧张与不安，有意无意地，他们都很少在这个剧院般的城市里穿梭，有好几次，金枝都在里面迷了路。

好在如今有了这份嫁妆，金枝要用它把自己嫁出去。这件事悬置得太久了，突破性的那一刻已经从盼望成为终极性的任务，而这项任务的完成，在唐树科那里，是必须以婚姻作为前提的。有时候金枝也想，自己怎么就这样呢，好像必须让委身成为一个货真价实的事实。实际上，对于结婚，金枝并没有多么迫切，就像大多数人一样，干工作并不是觉得在干事业，大家只不过是被扔进了惯性的大轮子下，随波逐流罢了。

金枝想，结婚以后，再努力让自己的爱情升值吧。她不打算把这个消息透露给唐树科，怕他真的会把"别墅当作鸡窝卖掉"。金枝已经接受了这样的一个事实：她的"这个斜眼"，的确不是一个善于改变生活的人，他那"看着我的眼睛"在面对生活时是徒劳无益的，生活不会在他罔顾左右的注视下松动，只会越来越坚硬。

金枝第一个念头就想到了刘利。那个房地产商，四十来岁，脸上全是青春期内分泌过度旺盛时留下的坑洞，鼻子大到无以复加的地步，几乎要让人忽视其他五官的存在。他是不是很丑？当然是的。但丑得并不让人格外惊讶，因为四十多岁的丑男人实在是比比皆是。所以说，以外貌论，刘利也就是一个一般人。但这个人的名字，在金枝的女同事们中，就是理想男人的代名词。他有一双儿女在金枝任教的私立小学读书，因此，放学的时候，偶尔会出现在学校门口。那是这样的一幕：经常会是傍晚时分，他站在自己那辆白色的奔驰车外，俨然只是一根鼻子悬浮在夕阳之下。夕阳照着他的鼻子，也照着他身后的车身，反射出金黄的光芒，而他，就隐匿在这光芒之中，成为一种符号，成为一个标尺。

看到其他老师，这个男人会彬彬有礼地点点头，有时还会客气地问候一声。但他从来没对金枝点过头，每次看到金枝从学校出来，他都只是将鼻子毫不客气地对准金枝，仿佛是在用力地嗅着。金枝被他嗅得周身涣散，感觉自己正被什么东西包围和挤压，被一根吸管一样的大鼻子一点点地吸走注意力。这种感觉的依据是什么？无非有一次，四年级学生刘开跑到办公室里响亮地问金枝："老师，我爸问你愿不愿意到我们家做家教？"谁都知道，刘开和刘放的父亲，就是校门外那道著名的风景。金枝当时十分坚定地拒绝道："不去！"语气严厉得令金枝自己都吃了一惊，不去就不去吧，干吗这样气急败坏呢？可这又说明不了什么，没法成为金枝对这个男人产生异常反应的理由。但这个男人对于金枝而言，的确是一个不言而喻的存在。只能这么理解了——金枝受过戏剧训练，知道剧情往往会怎么安排，即使是陈词滥调，也足以让金枝面对每一根蠢蠢欲动的鼻子时，都会直觉地惴惴不安了。

这个念头在金枝心里盘算了一周。金枝这样说服自己：我只要让他答应在百安大厦的楼顶做广告，然后，立刻结束他们家的工作，这样他几乎就没什么机会。而且，有他的两个孩子在，他总不至于对我无礼吧？这样应该是万无一失的吧？那么，还有什么可怕的呢？

金枝找准机会，在学校的操场边，压低嗓子对自己的学生刘开说："回去告诉你爸爸，我愿意给你做家教。"

刘开听了这话咧开嘴笑起来。他一笑金枝的心情就乱掉了。金枝觉得这个学生笑得实在有些不三不四。

当天傍晚金枝就坐进了那辆白色的奔驰车里。

但是金枝马上就后悔了。金枝突然间很害怕，也是突然间就想起了唐树科。金枝意识到，自己是在去做一

笔危险的交易。唐树科让金枝看着他的眼睛，对她说
"我们不能够做任何有可能损坏我们爱情的事"，那么金
枝她现在所做的，能够保证不损坏他们的爱情吗？金枝
从后视镜里观察身边的这个男人，却在他的脸上看不出
任何迹象，除了那根鼻子，金枝既没有找到使自己踏实
的东西，也没有找到足以使自己畏惧的东西。金枝决定
立刻说出自己的目的。她想，也许被干脆地拒绝掉，反
而能使自己死心塌地。

　　他们几乎就是两个陌生人，金枝和这个男人之间没
有任何的寒暄，没有任何的铺垫，却好像熟人一样地做
起生意来。介绍了广告位的基本情况后，金枝劈面便问
刘利愿不愿意做广告。这的确冒昧，可是某些因素——或
多或少的单纯、可以被称作迫切的利欲熏心、上帝知道
也许还有一种莫名其妙的权力感，使得金枝就这么直奔
主题。刘利听得挺仔细，眉头皱着不时插进来一句话，
比如楼层是多少，手续是否齐备。他的仔细缓解了金枝
的情绪。金枝慢慢平静下来，语气也自然多了。

　　他们就这么掰扯着，金枝坐在副驾驶的位子上，她
的两个学生在后排探头探脑。

　　突然前面被一辆摩托车拦住，下来一个警察向车里

敬礼，告诉刘利他的车违章了。金枝很紧张，想这个麻烦应该是自己干扰出来的。结果事情处理得格外平静，刘利把鼻子探出车外，和那个警察耳语了几句，就又重新启动了车子。

金枝在一瞬间想起一件事。刚来兰城的时候，有一次唐树科骑自行车带着金枝上街闲逛，他们在马路上被一个戴红袖章的老头挡住。老头凶巴巴地命令他们下来。唐树科想解释几句，一开口，夹着方言的普通话就暴露了他们的身份，而且，唐树科的斜视，在这样的状况下，就是个寻衅滋事的架势。这下子老头更加凶了，一个巴掌伸在唐树科的鼻子底下，声音瘪瘪地说："罚款，五元！"金枝不想纠缠，塞过去五元钱拉着唐树科就走。可是兰城老头却在身后用他那世代相传的瘪声瘪气吐出了恶毒的话："兰城都是让你们这帮盲流闹乱的！"推着车子的唐树科停住了。金枝看到他的喉结夸张地起伏耸动，似乎是要把这句话嚼烂咬碎，然后生吞进肚子里去。他在逼视那老头，但实际效果看起来却是在瞪金枝。金枝怕他会惹事，忙拉紧他的袖子。后来他们就这么推着车子往回走，像是和什么人赌气一样，一直走到天黑才回到家。一路上，唐树科目光迷离，天知道他在看着哪个幽暗的方向，但在身边的金枝看来，阴差阳错，这眼神当然是瞄准着自己的，好像一刻不离的谴责，盯得金枝都有些手足无措了。金枝和唐树科谁都没有勇气坐回到车子上。他们不敢在这个城市违反规则，紧随其后的羞辱会让他们四脚朝天。但这种心照不宣，更让人深感羞耻。从那以后，唐树科再也没有用自行车带过金枝。

金枝拿这两件事情来比较：同样是违规，可眼前的这个男人就能三言两语地解决掉，他那么松弛，似乎一切在他这辆奔驰车的轮子下都是通畅的。金枝坐在车里就是这么想的，再也没有其他的语言。刘利没有遇到麻烦，这辆车也委实让人舒适，这一切都该使人感到轻松，但又跟沮丧气馁的滋味何其相似。

车子停在刘利家的门前时，金枝的心里又一次产生出了比较。这个家位于兰城的新港，"新港"，多么兰城化的一个地名。金枝几乎是毫无余地地想到了自己和唐树科的"窝"。眼前的这幢房子称得上是庞大，一眼看到它金枝吃了一惊，心里就那么咯噔了一下。你有过这样的感觉吗？某一天，在一个陌生的景物面前，却产生出强烈的认同感，它似乎是你上一辈子就到达过的地方。

这就是似曾相识吧。金枝在这幢大房子的面前产生出反应。这并不是说金枝没见过大房子，舅舅家住的，也不见得比眼前这幢房子小多少，但意思却不同了，怎么说？舅舅终究也不会是一个把鼻子对准金枝的男人。而在刘利家的房子前，金枝便有了戏剧感，那就是一种煞有介事的情绪。金枝觉得，自己在这里上演过人世的悲喜，在这里，如此的独白才是相得益彰的：祝福，吾王陛下！你就是国王了。

同时金枝的心里也升起了一股寒流。金枝想，唐树科为了他们的爱情，都能够把身体的欲望撂倒摆平，可是她，在一幢大房子面前就遇到了试探。

第三幕

和金枝不同，唐树科的家里在他们那个小县城还是有些办法的，如果唐树科愿意，回去做个中学教师没什么大问题。但是唐树科知道，金枝夫人的舞台不在一个小县城，他只有尾随其后，努力去扮演自己并不擅长的角色。公允地说，唐树科是努力的，常常奔波在外面，也常常对金枝夸耀自己做成了某单大业务。但他不知道，舅舅同样常常在金枝耳边抱怨他的无能。自从舅舅怒吼着让唐树科滚蛋后，这个人依然还早出晚归，让金枝觉得他一切正常。其实金枝知道，唐树科已经不能踏进舅舅公司的大门了，他这么兢兢业业地表演着，让金枝怎么来欣赏呢？

唐树科的一天一天是在哪儿打发的——背着一只大公文包，匆匆地出门，灰头土脸地回来？就有一天，金枝尾随了唐树科。金枝在灰白的晨曦中悄悄地跟在唐树科后面，看到他一路缩着脖子在大街上漫无目的地乱转。渐渐地，上班高峰来临了，车辆和行人在街道上汇聚成一股浩浩荡荡的洪流。唐树科混迹其中，因此好像也具备了某种方向感。他和上班的人潮一同前进，只争朝夕，混入到一种成群结伙的规模里，有几次甚至还小跑了几步，干什么？追公共汽车，不过追到车门前又来个急停。金枝看出来了，这个唐树科是在自己跟自己玩儿，内心指不定在虚拟着什么情节，没准儿，他现在真挺把一切当回事儿。渐渐地，洪流开始消退，最后变得稀稀拉拉。清晨的空寂一下子突现出来，变得有些荒凉。唐树科像是被某种化学实验分离了出来，突兀地晾晒在了清晨的街头。他一定有些诧异吧，拔剑四顾，远远地，金枝从他的背影中都看出了仓皇与茫然。后来大街上又渐渐热闹，但性质迥异，与那股积极向上的洪流相比，此时上街游荡的多是些城市中的闲散分子了。唐树科依然瞎转着，在路边买了份"阳光早餐"，后来他又买了份报纸，这让他一下子似乎找到了自己置身街头的意义所在。他在一块街心花园的草坪上席地躺下，揪了根草衔在嘴里，饶有兴致地读起报来。

这一切都没什么，而且也并未超出金枝的想象，唐树科除了这么瞎玩儿，除了买份报纸看，还能做什么呢？但是，此刻金枝突然就哭了。让金枝不能自已的是，这个唐树科，他居然会在草坪上躺下。金枝觉得，哪怕唐树科是坐在草坪上，她也不会这样难过，但唐树科却躺下了！在金枝夫人眼里，这样的姿势，具有一种摧毁性的效果，就是缴械，就是投降，而且，还有点儿无赖。不用再看下去了，金枝可以肯定，躺下的唐树科，接下来势必还会睡着的，用报纸遮在脸上，胳膊垫在脑袋下面……

金枝一边哭一边往学校走，走着走着又跑起来，仿佛这样就能弥补唐树科躺下的那份消极。金枝想，她必须尽快拿到那笔嫁妆，她不知道这个唐树科还能撑多久。

金枝自己是撑不住了。

金枝的家教工作收效甚微，刘利的孩子们根本不把她放在眼里。金枝对他们没什么怒气，这本来就不是金枝的初衷。可是关于广告的事，刘利一直不给金枝明确的答复，他总是说公司还需要研究一下。金枝知道他是在有意拖延时间，这就是一个阴谋，而对于阴谋的甄别，金枝当年排练《麦克白》时，就有了感性的认识。这就是戏剧的功效，它可以提前让一张白纸一样的姑娘预习狰狞的诡诈。

而且，金枝自幼受过编织竹篾的训练，自有一股泾渭分明、条分缕析的能力。金枝明白，这个兰城男人要在既定的时间里达到他的目的，在他心里，是有张时刻表的，哪儿是起点哪儿是终点，都了然于胸。这个男人坐在一旁欣赏金枝给他的儿女上课，鼻子闲适地嗅着，一副胜券在握的模样，像一个踏实的乘客，完全信赖火车一定会正点到达。这并不可怕，对此，金枝也有着必要的思想准备。可怕的是，对于这根嗅来嗅去的鼻子，金枝竟然没有什么格外的反感。金枝惧怕的是自己，她不知道自己是否能够赢得这场较量，得到自己想要得到的，然后中途跳车，全身而退。金枝靠着默念《麦克白》中凶恶的台词来给自己鼓劲："我曾经哺乳过婴孩，知道一个母亲是怎样怜爱吮吸她乳汁的子女，可是我会在他看着我的脸微笑的时候，从他的柔软的嫩嘴里摘下我的乳头，把他的脑袋砸碎！"这当然有些南辕北辙，八竿子打不着，但破釜沉舟的意思却是一致的，金枝就从这点儿意思中，汲取力量。金枝需要力量。她越来越不能够确定，自己"想要得到的"究竟是什么。金枝害怕自己的内心会跳出个鬼来，暗算掉自己的爱情。

有一次结束家教后，刘利开车送金枝回去，在车上突然把一只手放在了金枝的腿上。金枝的呼吸一下子窒住，想让他拿开，却一句话也说不出来。这只手肆无忌惮地放在金枝的腿上，直到车开到金枝在砂坪的"窝"时才缩回去。金枝赤裸的腿被风吹着，只有那块巴掌大的地方始终温热，渐渐地，形成了一窝汗渍，像天气预报说的那样，局部地区有小雨。下车时刘利塞给金枝一个信封，说是这段时间金枝做家教的报酬。

金枝在黑暗的楼道中借着月光拆开信封，里面居然装着一万块钱。这难道是合理的报酬吗？如果要和她的付出等值，是不是还要加上刚刚在车上任凭这个男人把手放在自己腿上的那份特权？这样一想，金枝倒有了一些失落，似乎更愿意刘利白白地把手放在她的腿上似的，而不是像这样，成了一种暧昧的交换。此刻那块巴掌大的部位依旧感觉奇特，多久了，即使唐树科的抚摸日复一日，但金枝已经很难感觉到这样的一份撩拨了。

受到撩拨的，不仅仅是金枝的腿。金枝在那幢大房子里从未见过刘利的老婆，不由自主，她的好奇心也被撩拨了起来。

金枝几乎是采用了哄骗的手段，问自己的学生刘放："你是像爸爸呢还是像妈妈？"

那个二年级的小女生却不怎么配合，她一言不发地看着金老师，用一根手指将自己的鼻子向上顶起来。金枝打量了半天，才明白过来，原来这个小女生是用自己的生理特征回答了她的问题。

金枝定定神，继续诱导："那你哥哥呢，像谁？"

小女生警惕地看着她："不知道！"

金枝四下望一望，这时她们同样是站在学校操场边的角落里，但金枝总觉得众目睽睽。

"怎么会不知道呢？"金枝都有些急眼了，"你哥哥更像妈妈吧？他的鼻子可不大。你妈妈鼻子也很大吗……"

小女生大吼一声："我鼻子也不大！"

"是的是的，也不大，"金枝忙去安抚自己的学生，用推心置腹的态度继续问，"你妈妈呢，老师怎么从来没见过？"

"她在广东做生意，好了吧！好了吧！"小女生说完就跑了，她好像看透了什么，无端端地就愤怒起来。

金枝站在操场边，好一阵缓不过神来。

金枝没有勇气再周旋下去了，她要紧急制动。当然，这同样有失去控制，发生侧滑、甩尾，甚至翻车的风险。《麦克白》中尖锐的台词在金枝心里回环往复："从这一刻起，我要把你的爱情看作是同样靠不住的东西。"

再一次见到刘利，金枝明确地告诉他，如果他对广告的事没兴趣，她也不打算继续做家教了。这个急停来得有些早，不在兰城男人的时间表里，打乱了他循序渐进的计划，给他来了个措手不及。刘利沉吟了片刻，终于答应下来，约好周日和金枝上百安大厦的楼顶实地考察一下。

周日他们如约站在了百安大厦三十层的楼顶。打开一扇铁皮门，平台上的热浪顿时迎面滚来，一只破皮鞋引人注目地躺在烈日下，冒着烟，一副随时要蒸腾而去的派头。刘利的兴致很高，这个阔绰男人在酷暑中依然扎着根领带，他一边用一块手帕抹着汗，一边在楼顶上高视阔步，不住地说是块好地方，的确具有广告价值。他还和金枝研究起广告的创意来，说："金老师，你来给我们做模特，把你放上去，我的房子一定好卖。"金枝不予作答，眼睛忧郁地盯着那只即将羽化的破皮鞋。她的本意应该是多少摆出些冷淡的婉拒，但即刻省察了，自己这样装腔作势，其实是想以此来打动这个男人，用一副冰冷美人的姿态，为下一步的交涉赢得筹码。

　　刘利站在了平台的边缘，向金枝伸出一只手："过来过来，看看，从高处看看兰城的风光。"

　　金枝走过去，在他的身后停住。金枝从小就恐高，这么高的高度会让金枝像喝醉酒一样地眩晕。刘利伸出手来握住了金枝的左手，将她又向前拽了一步，直接圈在了自己怀里。金枝扫了一眼远处，围住兰城四周的山岭像舞台背景似的映现在眼前，盛夏的烈日让一切都仿佛在袅袅浮动。金枝觉得自己好像被太阳咬了一口，一阵头晕目眩，身体遽然虚弱下去。与此同时，金枝发现刘利的手勒紧了她的腰，而另一只手已经伸进了她的裙子。金枝像一个被鞭子猛抽了一下的陀螺，飞快地旋转起来，身体下意识地挣扎，于是半个身子就探到了平台低矮的护栏外面。高空燠热的风一瞬间灌满了金枝的肺，缺氧的感觉使金枝瞬间失防。金枝没有感到痛。天知道是什么让金枝失去了知觉——也许是这三十层楼的高度，也许是眩晕之时加速的旋转，也许是被唐树科无数次地抚摸之后，她的身体已经在一次次虚拟的高潮中丧失了灵敏。金枝只觉得自己在失重中被涨满，再被抽空，不断地被鞭策着，仿佛被投放在了某项尖端的物理实验之中。

金枝的上身悬垂在三十层楼顶的边缘，不断向前俯冲，长发在千米之上的热浪中随风飞舞。这好像也是不足为奇的事，但是，如果采用戏剧性的语言来描述这件平常之事，那就是：金枝被一个兰城的男人和兰城的天空合谋攻陷了。

一切在沉闷的撞击之下停止。刘利弯腰去替金枝拉起垂在脚踝上的短裤。金枝有一瞬间的冲动，想抬起脚狠狠地踢他的脸。但是天知道，金枝为什么没有那样去做。金枝只是觉得难受极了，天这么热，她的全身沾满了汗水和尘土，而这两样东西混合在一起，可不就是污垢吗？金枝有些迟钝，脑子里回响着的，是《麦克白》中的句子："你宁愿像一只畏首畏尾的猫儿，顾全你所认为的生命的装饰品的名誉，不惜让你在自己眼中成为一个懦夫……"

金枝用手背抹一下额头的汗，说："你强奸我。"

刘利坦白地说："是的。"

金枝转身离开，他慢条斯理地跟在后面，一边走一边整理自己的领带。回到了地面，刘利说："你去哪里，我送你。"金枝一言不发地坐进他的车子，脑子里长满了蓬茸的草。金枝觉得自己现在就是一摊烂泥，所有的不适都是生理上的，脏，太脏，脏得好像都有了不良的气味，身上像是粘了层黏腻的壳，随时会板结。刘利发动起车子，然后开始喋喋不休。他似乎说了"我喜欢你"，还说刚才在楼顶上被热风一吹就昏了头……这个兰城男人似乎挺委屈的，不像个加害者，像个被害者，他好像是在抱怨，意思是，如果不是金枝打乱计划，中途跳车，他原本会把这件事处理得合乎体面的。

最后，这个兰城男人居然把车停到了公安厅的门前。荷枪实弹的武警战士笔直地立在那里瞪他们。

刘利说："如果你要告我，我现在就跟你进去。"

这真是——太戏剧化了。金枝烦躁地大笑起来："公安厅？要是在北京，你会把我拉到公安部去吧？处理这种破事，在我们那儿，找派出所就可以了。"

这么一说，金枝觉得自己是出了口气。这番话不但贬斥了这个兰城男人，连兰城也捎带着一同贬斥了。兰城算什么？在伟大祖国的版图里，几乎也是块边角料，空气中不是废气就是粉尘，风大得把人的帽子都能吹跑，金枝早就对这一切心生厌恶了，她只是没有机会表达出来，因为缺乏本钱，现在，金枝把自己搭上了，终于可以这样理直气壮地发言了。

金枝下了车，她要回家，回自己砂坪的"窝"。

唐树科买了一条鱼在等着金枝。唐树科最喜欢吃金枝烧的糖醋鱼。金枝进到厨房里去为他烧鱼。厨房里当然很热，金枝依然一身肮脏，那身板结了的壳，都开始龟裂了。但是她竭力抵抗着，仿佛身陷泥泞，又仿佛沉浸于一场歇斯底里的表演，在不能自拔中惩戒着自己，同时，也安慰着自己。出锅时，金枝非常小心地把鱼揽进盘子里。往常金枝总是会把鱼斩成两截，那样熟得快一些。可是今天，金枝顽固地呵护着这条鱼的完整。

唐树科是敏感的，尽管他没有一根大鼻子，但是也嗅到了异样的气息。他们在饭桌旁坐定，唐树科突然站起来，双臂越过饭桌扳住了金枝的肩膀："金枝夫人，看着我的眼睛——没出什么事吧？"他这个时候以"金枝夫人"相称，无外乎是想给压抑的气氛留出条缝，但怎么听，怎么都让人觉得诚惶诚恐。

金枝夫人一脸的油汗，她镇定地与唐树科的斜眼对视，回答得粗暴而又急促："没有，会出什么事呢？吃你的鱼！"

吃过饭后金枝躲进了厕所。金枝不知道自己是不是哭了，莲蓬头里的水流汹涌地在她脸上冲刷。金枝宁愿自己脸上激荡着的，只是水流，她不愿意在内心里明确自己发生的改变。金枝不能去夸大自己受到的伤害，她怕自己承受不起。

金枝夫人在水中大张着嘴，无声地朗诵："解除我女性的柔弱。用最凶恶的残忍自顶至踵灌注在我的全身，凝结我的血液，不要让怜悯钻进我的心头……"

是的，没有，会出什么事呢？吃你的鱼！金枝还是金枝，还是那个曾经在学校舞台上纵情演绎经典悲剧的女学生，还是那个相信在公用电话前都可以邂逅爱情的女孩子。然而，金枝担心的是，这个唐树科，他还能是他吗？

唐树科似乎还是唐树科。第二天他依然爬起来得比金枝还早，背着个大公文包匆匆忙忙地上路。金枝正在做梦，在梦里跟父亲一起编一张大竹席，一根竹篾从父亲手中弹起来，抽在她的下身，她疼得跳脚，一睁眼，看到的却是唐树科的背影。在这样的梦醒时分，金枝才被迫清晰地感受到了疼痛。其他时候，金枝要求自己把一切都淡化掉，不去仔细体会那些严峻的转变。她要像麦克白夫人那样，甚至在行凶后，还能泰然说出："我的双手跟你同样颜色了，可是我的心却羞于像你这样惨白。"

整个一天过得波澜不兴。站在讲台上，金枝有过片刻的走神，她望着讲台下的学生，突然想，同学们！你们不过是一些茁壮成长的悲剧。

刘利傍晚出现在校门口，快步迎上走出来的金枝。

刘利对金枝说的第一句话是："对不起！"

金枝不知道该跟他说什么，她说："要我说没关系吗？"

他说："这个，真是没想到，你是处女。"

这句话太恶劣了。也不知道这个兰城男人怎么现在才回过味来。金枝一下子就痛起来，几乎完全是生理性的，那份延迟了的疼痛霎时洞穿了金枝的身体。

金枝又坐进了刘利的车子。不坐进去，在金枝看来，反而真的好像到了穷途末路那一步似的。金枝如今面对的，不只是一个大鼻子男人，更是这个男人身后的一座城市，几乎是有了一种要去捍卫什么的心情，金枝不允许自己落荒而逃。金枝不知道这个男人在她耳边唠叨些什么，只是偶尔被一两个字抓住。比如，她听到了"孤独"。哎呀，这个和兰城一样山高水阔的男人，这个似乎一切都在他的车轮下通畅无阻的男人，居然说出了"孤独"。这样一来，金枝的屈辱感似乎就有所减弱了，局面，也好像扭转了一些。金枝想她已经部分地原谅了这个男人。

下来的日子，金枝照旧去做家教。但金枝的内心会自发地保护自己，使她一踏进那幢大房子，就立刻条件反射般地忘乎所以。一些很久以前的无足轻重的经历翩然涌现，让金枝产生出错觉，事不关己似的，成为另外的一个人。当自己成为另外的一个人时，金枝就只是一个表演者了，而一个表演者，当然是超然于利害之外的。刘利再也没有侵犯过金枝。而金枝，也忘记了自己的目的。广告的事似乎被金枝遗忘了，她暂时不能涉及百安大厦三十层的楼顶，在这样的时刻，一切交易对金枝而言，都不啻是出卖。

金枝在一个清晨用双手扳住了唐树科的肩膀，对他说："嗨，看着我的眼睛，不要再去上班了。"

唐树科肩膀上那只大公文包滑落到地上。他们焦点不准地对视着，突然心领神会地笑起来，最后都有些嬉皮笑脸了，相互搔对方的胳肢窝，乐不可支地闹作一团。

从这以后唐树科就老老实实地待在家里了。为了不显得无所事事，他开始有步骤地打扫起他们的"窝"来。但成效有些适得其反，这个"窝"一旦重新变得干净整洁，飞扬的尘埃反而显得格外明亮了。

第四幕

周末是金枝做家教的日子。

刘开和刘放，这对兄妹把他们家完全不当作学校看。他们一个十岁，一个八岁，但也完全明白，金枝只要进了这幢房子，摇身一变，就不再是学校里的金老师了。金枝是他们家雇用的，性质等同于他们家的保姆。他们为这种局面而兴奋，根本不配合金枝的说教，甚至是在恶狠狠地抵触。金枝知道，即使她开出"一加一等于几"这样的题目，他们也会凶恶地回答出"三"来。

　　金枝缩在沙发里听任自己的学生发飙，没有一点火气。这幢房子仿佛被人灌进了蒙汗药，只要一进去，金枝就会陷入一种无力的虚脱之中，思想也因此常常走神，昏昏沉沉地想起一些过去的事情，而且都是一些正常状态下肯定会彻底遗忘的事情。此刻金枝就想起，有一次自己坐公交车，从窗子玻璃的反射中，完整地读完了一则其他乘客手中报纸上的新闻，甚至这则新闻的标题都历历在目——《执法人员到宋家滩肉菜市场检查时大吃一惊——所有粮油经营户都没办证》。金枝似乎是记忆着别人的记忆，因此反而丧失了自己，有了不知自己是谁的迷惑感。

　　混淆在陌生的记忆中，唯一能够使金枝略感妥帖的，是唐树科那双神气的眼睛，它们总是派头十足地斜视着，叠加在这些荒唐的记忆之中，时而虚幻成背景，时而凸显成特写。这是金枝所熟悉的，因此金枝被这双眼睛间歇性地还原成自己。

金枝开出两张不同的习题后，刘利从楼上下来了，一如既往地鼻子先行。刘利亲昵地抚摸了自己儿女的脑袋，然后那只手平滑地落在了金枝的肩膀上，非常自然地揉捏一下，仿佛是在爱抚他的第三个孩子。金枝脑袋麻了一下，但还是听清楚刘利懒洋洋地说道："上楼去坐坐吧。"这是一道和蔼的命令，刘利下达后就自顾朝楼上走。金枝的脑袋蒙蒙的，但已经起身跟了过去。

金枝被领进一间巨大的书房。一张巨大的书桌上亮着一盏黯淡的台灯，把一切衬托得更加巨大，这巨大隐匿在台灯照射以外的黑暗中，就更加地被放大成了一股势力。他们对坐在书桌两端的椅子上，刚好坐在台灯光影的边缘，彼此的身体隐没在黑暗中，脸也是若隐若现。只有刘利那只放在书桌上的手是显赫的。它处在灯光最核心的范围，像黑暗舞台上被聚光灯瞄准的主角。这只手，像一块方方正正的海绵，又像一把待磨的钝刀。金枝被这只手吸引，仿佛一个观众，屏神宁息，等待着舞台上的主角倾情演出。金枝听不到声音，但感觉到了语言。那只手在强光下开始了孤独的诉说。它顿了一下，仿佛清了清嗓子，然后，滔滔不绝，时而低回，时而昂扬，时而舒缓，时而急促，完全是舞台化的，准确，富有穿透力，当然，不免大而无当。

"去，该死的血迹！去吧！一点、两点，啊，那么现在可以动手了。地狱里是这样幽暗！呸，我的爷，呸！你是一个军人，也会害怕吗？既然谁也不能奈何我们，为什么我们要怕被人知道？可是谁想得到这老头儿会有这么多血？"

——这是什么？哦，《麦克白》。

那只手游向金枝。金枝似乎听到一头鲸鱼破水而来的声音，一把钝刀散发着金属微酸的气味，贴在她滚烫的脸上。这只手海绵一样的温柔，完全没有重量，如同精确的语言，不会锋利地指向皮肤，而是能够抵达心灵。它是黑暗中忽然飘来的一阵耳语，辗转呢喃，水草一样地缠绕住金枝的神经，将她托向一种昏昏欲睡的恍惚状态……

"费辅爵士从前有一个妻子，现在她在哪儿？什么！这两只手再也不会干净了吗？算了，我的爷，算了，你这样大惊小怪，把事情都弄糟了……"

金枝的呼吸急促起来。那种舞台之上才有的戏剧感促使她将脸一点点埋下去，直到完全和那只手贴合得无比紧密。

书房的门骤然被撞开，强烈的光线夺门而入。金枝完全没有消化这个过程，只是看到另一只手在自己的眼前晃一晃，同样地如同一头鲸鱼破水而来，却突然飞舞了起来，左一下，右一下，正正反反，响亮地在自己的脸上击打出声音。两只手之间的嬗变没有丝毫过度，它们仿佛根本就是同一只翻云覆雨的手，以至于金枝不能将它们清晰地区别开。

金枝夫人意识不到疼痛，没有像剧中所要求的那样，挨揍后，脸上有种"火辣辣"的感觉。金枝只是觉得眼前越来越模糊，越来越模糊，像是蒙上了一层雾……却在突然间清晰地看到了唐树科那双斜视的眼睛，这让她立刻觉醒了。

金枝用双手蒙住自己的脸，喊道："别碰我的眼睛。"

刘利终于出手了，但没能让他的老婆安静下来，只是暂时阻止住了对金枝的攻击。透过指缝，金枝看到一男一女，像两个假人儿，在自己眼前扭曲着纠缠。金枝想努力看得清楚些，但是没用，眼前的一切反而更加模糊。金枝向门外跑去，脚下却被什么东西绊住，一下子扑倒在地上。"这儿还是有一股血腥气，所有阿拉伯的香科都不能叫这只小手变得香一点。啊！啊！啊！"——这句记忆深处的台词硬是给摔了出来，令金枝的两只手表演般地向前探摸着。

"门在这里！门在这里！"她的两个学生欢乐地叫喊着，为他们的老师指点迷津。

宛如一场话剧，最终，金枝被一通响亮的耳光还原成了自己。

金枝冲出那幢大房子，在夜晚的兰城奔跑。金枝的样子一定非常难看，因为不时有人张大着嘴看金枝。金枝知道自己的脸受伤了，眼睛可能有瘀血，视力都模糊了。金枝觉得新港离她砂坪的"窝"非常遥远，遥远到几乎不在同一个空间里。金枝想自己是迷路了，因为她居然跑到了兰城的中心广场。金枝想起刚来兰城时，自己和唐树科跑到这里来看升旗仪式，当旗帜升至顶端的一瞬间，自己心里面真的是感觉到了欣欣向荣的蓬勃朝气。那时候他们刚刚毕业，而且恋情依然，整个人的状态都比较良好，爱国心都很强烈。今晚，金枝却像一根羽毛，飘在兰城布满废气与粉尘的夜晚里。

最后金枝是靠一辆出租车把自己送了回去。

唐树科已经睡了，这是金枝所希望的。金枝怕唐树科看到她受伤的脸，她的脸现在是一张即将登台却化错了妆的脸。金枝更怕唐树科会扳住她的肩膀，给她来一句："看着我的眼睛。"

金枝没有开灯，没有去洗漱，小心翼翼地在唐树科身边躺下，静悄悄地不发出一点声音。金枝的身体硬邦邦的，脑子却是柔软的，像是塞进去了一些软体生物。她很困倦。然而在睡着之前，却一直在身不由己地默诵着《麦克白》里的台词，那些台词和金枝夫人当下的境况毫不搭界，但它们流淌而过，却有着镇痛的效果："费尽了心机，还是一无所得，我们的目的虽然达到，却一点不感满足。要用毁灭他人的手段使自己置身在充满疑虑的欢娱里，那么还不如那被我们所害的人倒落得无忧无愁……"

金枝在深夜里醒来。一双眼睛俯在她的上方，在月光下闪烁，凝视着某个未知而玄秘的方向。金枝从一瞬间的惊恐中缓过神来，就被唐树科用双手扳直了身体。

唐树科说："金枝，看着我的眼睛——告诉我实话。"

金枝的身体顷刻坍塌。好像她就是一堵拦水的堤坝，如今被冲毁了，眼泪像大水一样地席卷而来。但是金枝的意识却在混乱中飞快地跳向另一种清醒，那完全是表演性质的。金枝并不刻意，仁慈一些说，金枝甚至还是无辜的。

《麦克白》，第一幕，第三场，"魔鬼为了要陷害我们，使我们受伤害，往往故意向我们说真话，在小事情上取得我们的信任，然后在重要的关头使我们掉入圈套……"

金枝在夜幕中，语言也如台词般地波涛翻涌。金枝坦言，说她已经不再是处女，说她被那个男人的老婆揍成了这副样子。金枝知道自己独白的逻辑是什么，根据剧情，她现在需要竭力表达的，是一份脆弱的侥幸，以此去回避某个最核心的本质问题。

孰料，唐树科却致命地问道："他强奸了你吗？"

金枝的哭泣一下子被止住，像被人用抹布塞进了嘴里，像一出被导演厉声喊停的错误表演。是刘利强奸了她吗？实际上，对于那根嗅上来的鼻子，金枝她发出来的是一波又一波的默许。她原谅了一个强奸了自己的人，难道只是因为他说出了"孤独"？如果是另外一个男人，比如，一个民工，强奸了金枝，金枝也能够在他"孤独"的说辞下原谅他吗？也许能，如果你假装总是活在戏剧里，你就不必承认喇叭是铜或是铁，而且可以把自己塑造成任何一个自己想成为的人。

有什么好说的呢，假如生活欺骗了你。一旦进入这种拷问式的凝重，金枝就明白了，她所经历的，更类似于一次通奸。

唐树科开始剥金枝的衣服。这个青年以爱情的名义坚守住的一块阵地被人偷袭了，他带着反攻般的决心全力以赴地要脱光金枝的衣服。明白了唐树科的企图，金枝立刻恐惧了。金枝确凿地知道，一旦让唐树科得逞，他们的爱情就真的该谢幕了。难道用伤口可以覆盖住伤口？金枝哭号着挣扎，从他的手中挣脱，在房子里来回奔逃。最终金枝还是被唐树科捉住。他把她撂倒在地板上，膝盖顶住腰，一只手揪住头发，死命地往下扯，直到让她的半边脸紧紧地挤住了冰冷的地面，一动也不能动。唐树科的力气真大，金枝的脸被地面挤得变了形，几乎要陷入坚硬的水泥了。金枝没了声音。这个时候，金枝的内心一扫悲戚之情，就是一种缴械与投降的态度了，好像唐树科百无聊赖地躺卧在草坪时那样。金枝在唐树科凶猛地挺进下凶猛地疼起来。她处女的身体被袭击时麻木不仁，可是现在却痛彻肺腑。世界这个舞台在金枝夫人心里一下子变得空空如也，剧院的灯，灭了。

他们躺在地板上，月光照着他们毁坏过的赤裸的身体。以前他们也在地板上嬉戏过，在气喘吁吁后也被砂坪的月亮这样抒情地笼罩着。那时，他们互相说着舞台上的对白：

"那哭声是为了什么事？"

"陛下，王后死了。"

……

这一切，都让夜晚显得高贵迷人。

金枝从地板上爬起来，摇摇晃晃地走进厕所。月光下，金枝从厕所的镜子里看到了自己。金枝的脸是变形的，眼眶几乎和鼻子一样高，金枝的身上挂着一缕一缕破碎的衣服。这让金枝有了愤懑的恼怒。"这不是我，"金枝对自己抗议道，"她面目全非，与我无关！"金枝打开淋浴器，喷头里的热水刚刚喷射下来，门就被唐树科"咣"的一声踢开。

唐树科光着下身冲进来，两只手狠狠地卡住金枝的肩膀："金枝，你看着我的眼睛！"

金枝看着他的眼睛，在月光下的水雾中看着他的眼睛。金枝等着他后面的话，但是他的喉咙剧烈地起伏了一下，就把一切都吞到了肚子里。唐树科铆足了劲，转而攻击那只淋浴器。那是唐树科自己加工的一件物什：一个铁皮桶，两根管子接在上面，一根接电，一根接水，加热后，就能从喷头里喷出几近澎湃的热流。它曾经算是件爱的信物，代表着唐树科的心灵手巧和专业优势，因陋就简，还蕴含着一股相濡以沫的温馨。可是现在，砸了，只有砸了。

金枝请了三天假，脸上弄成这样，哪儿还上得了讲台！这三天艰难。风暴过后，大家都变得小心翼翼。他们之间没说过一句话，因为彼此都知道，这个时候任何一个字从嘴里出来都有可能成为判决。他们是两个被判处了死刑的人，不过在进行着最后的申诉，渴望被宽大赦免。愿神的灵在最后的时刻光照他们。唐树科总是以手掩面，肩膀剧烈地戳觫。金枝知道，这个人是在无声地哭。可是每当他发现被金枝注视着，就会用力地把头埋下去，再抬起来时，脸上就没有一滴眼泪了。金枝震惊地发现，几个回合下来，就在这样的动作之下，唐树科斜视的眼睛，居然一点一点被矫正了过来，逐渐在变成一个焕然一新的目光笔直的陌生人。这并不是件好事，因为此时大家恰恰不堪正视。

唐树科还吃金枝烧的饭，他们还和以前一样对坐在饭桌前。唐树科甚至还给金枝夹了菜，筷子有些不稳，好像准星有点儿拿不准。得以矫正的眼疾一定搞得唐树科很不适应，新的视野带来的就是新的世界，他难免有个调整的过程，所以垂着脑袋，多少有些羞涩的样子。这都让人看到一些微弱的希望，似乎一切真的可以收拾。

他们的屋除了床没别的地方可躺，每一次共同睡下，金枝总有得到了缓刑的感觉。

三天后金枝去学校上班了。办公室里欢声笑语，金枝以为又有谁讲了黄段子。但是欢乐的气氛在金枝推门进去的一刹那戛然而止，几位同事立刻赶走脸上的笑，一个个正襟危坐。金枝就明白了，自己是他们刚刚欢乐的根源。第一节课后，教四年级语文的郭老师把金枝拉到操场上，塞给她一本学生的作业。金枝翻开就看到了这样一篇作文，题目是《记周末一件有趣的事》：

周末金老师到我们家给我和妹妹辅导功课，我们很高兴，我爸爸更高兴。金老师给我们出了练习题后就和我爸爸上楼了。就在这个时候，我妈妈突然从外地回来了，她到楼上找我爸爸，我和妹妹就听到上面打了起来。我们赶快跑上去看，原来是妈妈在抽金老师的耳光。妈妈的手像电视里会功夫的侠女一样快如闪电，而金老师的脸就像个气球，有趣地飘来晃去……

作文已经批改了，红墨水在"快如闪电""气球""飘来晃去"下打了圈，表示对这些好词好句的嘉许，一个挺拔的"A＋"，赫然画在上边。

金枝笑了。

郭老师不安地看着金枝，问她："金枝你不要紧吧？"

金枝把这看作是兰城对她打出的又一个挺拔的"A＋"，她对郭老师说："你看着我的眼睛，像有事吗？"她说这话的时候还真的眨了眨眼，把好心的郭老师惊得直往后退。

然后金枝就向校门走去。金枝的包还在办公室里，可她不打算要了。兰城已经对金枝亮出了红牌，而金枝也像对待自己的包一样不留恋兰城。金枝边走边用手机拨通了刘利的电话。

刘利在电话那头对金枝说："你好。"

"你必须买下那块广告位。"金枝言简意赅。

刘利似乎叹了口气，说："你开个价吧。"

"三十万。"金枝咬了咬牙，因为她想起了三十层楼顶的风。

刘利说："不。"

金枝一下子就崩溃了，像是被这个男人通畅无阻的车轮碾过了身体。

然后金枝听到他说："我给你三十一万。"

三十一万？这多出的一万是为哪般？在前面的那个基数下，这一万就好像有些画蛇添足了，它当然是别有深意的，是一个商人运算后的结果，但究竟，也算是 A 后面的那个"＋"，是格外的强调和优待。金枝拿到了一份不错的成绩单，这让她好像从一场复杂的梦中苏醒，梦里的过程都可以忽略，只被梦的结果鼓舞起来。金枝甚至坚定地相信，唐树科会愿意和她拿着这笔钱回到他们的小县城，回到他们没有瘪声瘪气的语言里去举行盛大的婚礼。金枝真的是兴冲冲地往砂坪走，怀着一种重整旗鼓的喜悦。可

是当金枝用钥匙插进锁孔时，立刻明白自己其实是又掉到
了另一个梦里。钥匙在锁孔里旋转了两圈，说明门是被人
在外面保了险。这道门从来没有被这样仔细地锁过，因为
他们的"窝"简陋到没有被偷窃的危险。于是金枝就知道
了，这个唐树科，哎呀，走掉了。

屋里也发生了变化。那只铁皮桶重新挂在了厕所的
墙上，虽然坑洼不平，但两根管子接在上面，一根接
电，一根接水，显然已经恢复了一个淋浴器的基本面
貌。这也是一个佐证：这个唐树科，哎呀，走掉了。

金枝重新走回到街上。她漫不经心地四处乱走。金
枝难得这样闲散地走在兰城街头，此刻，不尽相同，但
颇为相近，金枝体会到了唐树科游荡街头时的心情。金
枝觉得自己只要循着这样的心情，按图索骥，似乎便可
以走到唐树科的身边，没准儿，一同在小县城里做起中
学老师来。穿过砂坪，穿过繁华的街道，穿过正午阳光
下的过街天桥，穿过绵延无尽的车流和人群，商铺的喇
叭震天响，散发小传单的人随处可见，世界是个舞台，
到处都在表演，表演，表演。金枝那种离丧的心情在一
点一点地松懈，百转千回，曲折逶迤，在蠕动，在拱
耸，逐渐地流淌起来，最后一下子破壳而出，雪亮

了：金枝觉得自己已经在潜移默化中融入了这座城市，她在这座城市高楼的顶层失身，头发飘扬在这座城市的天空中，就如同在它巨大的子宫里被重新孕育，兰城的废气和粉尘，兰城能把人帽子刮跑的大风，不过是栉风沐雨的孵化，如今，她终于被分娩了。

来兰城四年了，金枝根本没有搞清楚这座城市的脉络，也没有交上什么朋友，金枝熟悉的，无外乎砂坪周围的几个菜市场和那几条徜徉其间的狗。现在，金枝扬眉吐气，是种开脱和解放的滋味。她用自己最纯熟的家乡话向身边的人问路，一点也不觉得羞怯局促，她并不想去那些自己打问着的地方，她这么做，只是一种姿态。后来，金枝在一个街心花园的草坪上坐下了，她迟疑了一下，还是任由自己躺了下去。当金枝的眼睛望向天空的一瞬间，她决定了自己的去向：留在这里。

金枝知道自己已经被这座城市接纳了，成了这个舞台上的角色。

金枝仰卧在草坪上，对着天空中几块散落着的斑驳的蔚蓝，用那种自己钟情的语式，在心里恳切地朗诵起来："当我们年轻的爱情与一座城市遭遇，我们还只是羸弱的孩子，我们蜷缩在一个叫作'砂坪'的角落里，当我们的爱情轰然破裂的时候，在这座城市的怀里只发出一声细碎的叹息……"

渐渐地，这种内心的独白开始从她的喉咙中发出声音来。金枝在不知不觉间坐直了身子，她的头依然向着天空，她打着手势，张弛有致地大声告白："唐树科，现在，我重新渴望爱情，重新确认纯洁就是一种力量和价值。我怀念我们干干净净地抚摸和那种抚摸下绽放的身体，怀念彼此忠诚时那种爱的神圣的同在。唐树科，如果让我们再一次相爱，我会在你干干净净地抚摸下再一次产生出力量，这力量将如同一个灵异的秘密，使我像当年昂首挺胸地走在校园一样走在兰城的马路上，使我有勇气再一次看着你的眼睛……"

兰城的路人吃惊地看着草坪上的这一幕。在这些兜里多出几百上千块闲钱就会高兴好几天的人眼里，这个用方言浑然忘我地宣讲着的姑娘，一定是，疯了。但是在这些发出此类轻薄感慨的围观者中，有一位慧眼独具的保安，沉思良久后，深邃地向大家指出："不，这姑娘只是一位刻苦的演员。"

这位哥们猜得没错，在这样沉醉地诉说中，金枝夫人再一次获得了那种戏剧性的，庄重的安慰。

金 / 枝 / 夫 / 人

「隐 疾」

一

　　年轻的时候，有一年大二的暑假，我和老康去东北玩，他邀我去一个叫"小转子"的朋友家吃"真正的东北饭"。给我们开门的女孩以东北人特有的虎劲冲老康当胸一拳，快活地叫嚷道，你可想死我了！老康悄悄对她说了句什么，她以一种令我吃惊的响亮大笑起来，我觉得，这种笑声极具爆发力，令空气都哗啦哗啦地跟着颤动。

　　这就是当年我见到小转子时的情形。我南方生南方长，习惯了某种温软，没见过她这样气派的。她那多少有些桀骜不驯而又惘然若失的神态，令人惊奇。我觉得，她的容貌有种天然的倨傲，仰着头，鼻梁很高，大大的、软弱无力的眼睛似乎对一切熟视无睹——小转子是近视眼；当年她剪着一个短短的娃娃头，在我眼里，她不知是像一个娇小姐呢，还是像一个乡下小伙子。老康看出我十分惊讶，便孩子般高兴地说：

"喂，哪一点比不上左左？"

左左是我们的大学同学，一个有口皆碑的美人。

小转子家的饭好吃，她的父母对我们也很好，看得出，他们默许了小转子和老康之间的关系。由于我夹在当中，老康和小转子多出了某种被妨碍后才有的兴奋劲儿，他们总是一副按捺不住的样子，总在我眼前拉拉扯扯。那些天我们很快乐，大家都很单纯，恋爱者的他们和旁观者的我，都觉得美滋滋的。东北的夏天没什么特色，是小转子给我留下了永久的记忆。

大学毕业不久，我就接到了他们结婚的消息。我买了一把大折扇给他们寄去。这种折扇打开能有半面墙那么大（它也的确是用来挂在墙上的），红红绿绿，过后不久我就觉出了它的艳俗。这说明，正规的学院训练无助于提高我们的审美，反而是焦头烂额的生活能够逐步提升一个人的境界。当时我刚刚分到一所中专学校，背井离乡，心情处在人生的第一个低谷。至今，我还记得那个下午，自己汗流浃背地扛着一把大折扇奔赴邮局时的心情——有些焦灼，有些似是而非的绝望。走在街上，我觉得陌生人把我当成了一个滑稽的丑角，他们与我交臂而过后，还要回头来看看我。年轻的心是多么敏感啊，扛着一把红红绿绿的大折扇穿街过巷，就足以令我羞愧。我觉得这都是成人世界的麻烦，喏，你成人了，就要面对给朋友送结婚礼物之类的事情，可是对于这一套，你却毫无经验。那会儿，我正是被任何事情都能弄得很狼狈的时候，而且正处在动辄发火的年龄，在邮局，面对如何将那把折扇妥善包裹起来的问题时，我很可笑地冲营业员耍起了个性——干脆直接用报纸将它卷得粗了两圈，然后用透明胶带密密匝匝地捆成一个巨大的粽子。这样做的结果是，邮费超出了那把折扇的价格，它平添了许多毫无必要的重量。尽管囊中羞涩，可我在所不惜，营业员眼中的惊讶满足了我那微不足道的虚荣心。我觉得自己挺神气，同时更加沮丧。

　　至于老康收到这个礼物时做何感想，我无从知晓，那时候通讯远没现在便捷，大家可以随时在电话里有事没事地瞎聊一番。这把大折扇唯一反馈回来的消息是：我收到老康寄来的一组照片，其中有一张，老康和小转子正是以这把折扇为背景。原来他们将这把扇子挂在自己床头了，老康和小转子半卧在双人床上，头挤作一处，以那个年代新婚夫妻特有的矫揉造作注视着镜头。我看到，老康烫了头，胸前还挂着条大红色的领带。而小转子已经和我印象中的判若两人了，她的妆画得太浓艳了，怎么说呢？我觉得她的脸像一枚徽章。什么是徽章呢？就是很凝练，很具象征性吧，麦穗，齿轮，诸如此类。他们就这样置身于一把花花绿绿的大折扇前，宛如一台喜气洋洋的二人转。

这以后我跟他们很久没有联系，我只是在接踵而来的狼狈时刻，偶尔翻出他们的照片。孤独时，我难免要憧憬另一种与单身生活迥然不同的日子，老康是我们大学同学中第一个结婚的，那时候我天真地想，我们这群人里，就老康最幸福。那张二人转剧照式的照片，成了我心目中的一个蓝图。我幻想着，有朝一日，自己也有那么一张双人床，身边也有那么一个小转子似的女人；当然，我们的床头不要折扇，我们要挂上自己的婚纱照，因为那时候已经流行这个了。我的审美就是这样按部就班地提高着，直到今天，我明白了墙上连现代派绘画都无须悬挂，然而同时也丧失了那种可贵的热烈向往，就是说，我被生活提高了审美的境界，同时也基本上没了憧憬。

二

两年后的一天，老康打来电话。他买了部手机，那可是个新鲜玩意儿，因此他一定要我猜他是谁，我却猜不出这个扬扬得意的家伙究竟是哪一个。由此可见，我的记忆是多么教条和顽固。我站在传达室里对电话中的老康说，你要是再闹我就挂了。老康赶紧叫起来，以更加兴奋的声调宣布，老康，我是老康啊！

老康要来兰城旅游，当然会想到我恰好在这里教书。又是手机（那时候叫大哥大），又是旅游，显然老康是发达了。

发达了的老康出现在我面前。那时候他已经有了发胖的趋势，我那教条而又顽固的记忆，再次排斥眼前的这个胖子。我任教的那所中专地处城市边缘，出了校门就是菜地，平时很难见到个满面春风的人，更别说一个手里握着大哥大的家伙，何况，这个家伙还挽着一个美艳的女人。他们突然出现在我面前，当时我正夹着饭盒往食堂去，除了满腹疑云，我还有些生气。眼前的这两个人令我尴尬，不可避免，我在这一刻成了这所郊区学校里的焦点，所有灰头土脸的师生都对我侧目而视，而我是那么耻于做一个焦点。即使老康已经抓住了我的胳膊，我依然不能醒悟，直到他身边的小转子冲我叫了一声，我才胸口一热，眼里不禁都涌上泪来。

小转子冲我叫："哥！"

逮谁叫谁哥，这好像是东北人的毛病，这一点我后来才掌握，但当时小转子的这一声，委实令人悲怆，对于我这么一个被孤独荼毒着的年轻人，这是再好理解不过的。所以，这一声"哥"，和由此而来的那种莫大的伤感与温暖，也成了我一个根深蒂固的记忆，在一些蒙昧的时刻沉渣泛起。

兰城没什么好玩的，周边既没名胜又无古迹，南面的藏区草原倒是有些看头，但他们来得不是时候，那时已经快进入冬季了，草早都已经枯败不堪了吧。所以在我看来，此地并不值得老康夫妇千里迢迢地来旅游一番。但是对于他们的到来，我还是很高兴的，毕竟，那时候我太孤独了。只是我的这种高兴劲并不那么由衷。我想我是有些嫉妒老康，在兴奋之余，那些天我也有些意兴阑珊。

　　他们住在兰城最好的酒店，每天玩累后我都和他们一同回去，在房间里冲个澡，然后迅速离去，迎着寒风，坐上冷清的公交车从城市返回郊区，回到自己既脏且乱的小宿舍。我尽量避免在酒店过多逗留，这显然是自尊心在作祟。每当我穿过酒店大堂，走进萧索的夜色时，内心都不免有些自怨自艾。我觉得我再也不像当年了，看着他们幸福，自己也跟着傻乐。

　　他们来后的第三天我们喝了酒，我是醉得不浅。晚饭时老康和我聊起了大学往事，这在他，是一种得意者的回顾，在我，却十足是一种凭吊。两种心情喝出了两种状态，老康是越喝越昂扬，我则是越喝越露出了落魄相。本来我们的酒量就不在一个级别上，我却不自量力地暗暗和老康较劲，丝毫不愿意比他喝得少。这一点被小转子看出来了，她开始替我挡酒。可是她越这样，我反而越来劲，像撒娇似的。这样我很快就喝醉了。他们架着我回了酒店。躲在卫生间呕吐后，我居然哭了，站在淋浴蓬头下泪水汹涌，感到厌恶而又无助。

　　老康的情绪依然兴奋，他没有看出我的异样，嚷嚷着叫我住下，跟他聊个通宵。我答应了。那一刻我的确很软弱。我害怕一个人走进夜色里，害怕经历从城市过渡到郊区时那种景致的凄惨嬗变。

可是聊什么呢？这几天我们一直在聊个不停，以至于我都以为，老康不远万里而来，就是要向我吹嘘的。他给我描述了他的奋斗史：毕业后他回到东北，本身也和我一样，分配到了一所中专学校，甚至还不如我，那是所特殊中专，经过短暂培训，他就开始教一帮聋哑孩子了。这么说着的时候，老康用他那双肥厚的手向我打起了哑语，喏，就这样，你能忍受每天这样跟人讲话吗？那段日子我的喉咙简直闲疯了，只能靠找人吵架来过瘾！老康说他当时唯一的愿望就是跟人你来我往地用舌头较量，在这种愿望的驱使下，他跟着小转子的一个亲戚做起了边境贸易。边境贸易，那可是个需要不停浪费口舌的活儿，跟一帮英语半生不熟的老毛子用同样半生不熟的英语尔虞我诈，对于老康闲置已久的发声系统是种极大的满足。老康是怀着一种不为人知的热情投身于边贸的，结果居然就成功了。今天，我们又一同追忆了大学时代，所有的缅怀此刻都已经化作了酒精。该聊的似乎都聊过了，如果还有什么没涉及，那就只剩下未来了。可是，在兴致勃勃的老康面前，我没有展望未来的力气，我觉得我在卫生间里，已经把自己的未来吐得空空如也了。

他们要的是套房，我很自觉地在外间的沙发上找到了自己的位置。当老康进去冲澡时，我已经蜷缩在沙发里睡着了。

睁眼醒来时，我的大脑一片空白，有的只是那种像黏液一样流淌着的无以复加的沮丧。房间里很黑，几乎是伸手不见五指，以至于我觉得自己依然紧闭着双眼。而且，我把这里当成自己的小宿舍了。我又徒劳地睁了睁眼，结果依然是漆黑一团。我安静地躺在黑暗里，双眼执拗地和黑暗较着劲，如果在这一刻我的下意识里还有什么愿望，那就是——将这漆黑的一团，盯出稀薄的光。小转子的身影就是这样逐渐浮现的，好像正在冲洗的相纸，缓慢地显露出图形。她从一个朦胧的轮廓渐渐变成一个剪影。我首先看清楚的，是她弓一样弯曲着的背部，那种造型有种不屈不挠的强度，仿佛有着锐利的锋芒，因此黑暗被它切割出了一道缝隙。然后我看到了她低垂的头发，毛茸茸地混淆在黑暗中。这样，我才基本上把眼前的影像落实成了一个人形。我能够看出，她是抱膝坐在地板上，头埋在两腿之间。我内心岑寂，丝毫没有现实之感。当小转子站起来并且一步步向我靠近时，我仍旧陷入在梦境般的泥沼中。她来到沙发边，我几乎可以感觉到她散发出的体温。我的眼睛被某种力量吸引着，许久，黑暗糖一样地融化，我们的两双眼睛相遇了。我们目不转睛地相互看着，彼此看着的，也只是对方的眼睛，仿佛这一刻对视着的，只是那四只兀自悬浮于意识之外的瞳孔。它们如同磁铁的两极，牢牢地相互吸引着。它们没有任何含义，只是——眼睛。

是我背离了这种凝视。今天想来，也许那一刻就是对我内心的一次鉴定，即使恍若梦中，我也不甘于满足那种毫无内容的对视，我的双眼令人绝望地需要额外窥探到一些东西，它顽固地需要给自己目睹的一切弄出些"意义"。它拔了出来，开始游移，并且依次看到了小转子生硬的乳房，平坦的小腹，零乱的毛丛，以及修长的腿。它们都遍布着黑暗稀释后的那种灰白色，却无端端地显得更加黑暗。

后来我的眼睛逐渐具有了一种令人惊奇的能力，它不用上下转动，就可以一览无余地装下近在咫尺的一切，仿佛眼前的事物正在自动向深处隐退，一点一点，渐渐沉没在无尽的黑暗之中。

她就这样消失了。

我始终一动不动，平稳地滑进了另一个梦境。我梦见了左左，那个有口皆碑的美人。然后就乏善可陈了，像所有年轻人的春梦一样，结果也无外如此——我梦遗了。是老康叫醒了湿乎乎的我，他在阳光中趴在我耳边大吼，上课了上课了。

我去卫生间收拾自己。小转子正在里面化妆，她朝我笑了一下说，马上好。我根本看不出她有任何蛛丝马迹，这更加令我将昨夜的一切归结为一个荒诞的梦。但是这个梦令我沉溺，令我内心滋生出污秽凄苦的渴望，以至于从这天开始，我夜夜留宿在了他们身边。我总有着隐约的期待。我知道自己在期待什么，无非是一个梦。我无法自控地甘于将一切披上梦的外衣，将肉体的孤独，将无辜的猥琐，乃至卑下的情欲置身于蒙昧之处，在那里，我才能够获得难以置信的安慰。

我热烈地关注着小转子。我知道她和老康本是中学同学，青梅竹马那样的，老康考上了大学，她却连续两年落榜，似乎是因为某种疾病，这种病让她永远和大学无缘了。那会是一种什么病呢？老康对此讳莫如深。由于带着一种隐秘的疾病，小转子在我眼里就有了一种忧郁之美。不过这也许是我的主观判断，事实上，小转子很少露出消沉的样子。她总是咋咋呼呼，时不时还吹吹口哨什么的，也许是自以为来到了边疆，她总是随口哼唱那首著名的《在那遥远的地方》，又记不牢歌词，总是哼出前面的旋律，最后才快活地来一句：和那美丽金边的衣裳！

我一厢情愿地认为，这只是她的面具，就像她总是把那张本来生动的脸画成一枚徽章一样。浓妆后的小转子依然是美的，是那种东北女人线条清晰的明亮的美，我却认为那只是表象，我自以为掌握着她的本质——平坦，甚至有些不够圆熟，身体仿佛一个男孩般地生硬和晦暗。而这些，却格外动人。在我年轻的心里，那种未加严格拉开性别差异的生涩的身体，那种微弱的亮度，反而值得信赖，它没有侵略性，不是咄咄逼人的，对于我，它的不完美恰恰是一种分摊，更加能够激起我的欲望。

我总在睡前拉着老康喝一场，我以为酒是引导我走向梦幻的媒介。然而我的夜晚一无所获，那一幕再未出现。这种不健康的期盼，令我在面对老康和小转子时感到羞愧。他们当然无法知晓我放诞的内心，他们更加不会知晓，有天夜里当我听到他们身体撞击发出的声音时，用手握住了自己的那根东西。

好在他们终于要走了。这些天，我们只是在兰城方圆五十里的范围"旅游"，但我的疲惫却已经写在了脸上。老康因此有些内疚，他以为我跟学校请的那些假成为我的负担。作为补偿，他非要给我买身价格不菲的西装。我顺水推舟地认可了老康的误判，当然也只能顺水推舟地接受了老康的西装。谁知道，几年后，这身西装成了我结婚时的礼服。

我和他们一同回到酒店。小转子一边帮我剪西装袖口上的商标，一边哼着《在那遥远的地方》，她用的是酒店针线袋里的那种小剪刀。剪到一半的时候，她突然闭上了眼睛，像是睡着了，半句"和那美丽金边的衣裳"挂在嘴边。过了不一会儿，她站了起来，开始疾言厉色地说到她厌恶的某种东西。我听了半天，才听明白她说的那种东西可能是蜘蛛。

"太恶心了，一下子撞在我脸上，网也全挂我衣服上，黏糊糊的，摘都摘不掉，我那可是件新买的白衬衫啊！"

她再三地说，她马上就得找到这个蜘蛛并把它捻死。然后，她举着那把小剪刀径直向老康走去。老康正在收拾行李，此刻脸色大变。一瞬间我恍然大悟，原来小转子痛恨的那个蜘蛛，就是老康。老康慌不择路地跳到了床上。小转子站住了，转过身看着我。她的眼睛依然是那么空洞，毫无内容，只是定定地望过来。当我们的眼睛对视住的一刻，我仿佛又沉入了那个梦境。她一步步向我走来，我居然傻在了原地。

老康哇哇大叫道："靠！跑啊，快跑！她犯病啦！"

老康的叫声令小转子再次把目标锁定到了他的身上。她重新回头向老康逼近。

"你先走，我没事，我他妈没事！"

老康在床上边跳边叫，让我感觉他是在大义凛然地喊：你先走，我掩护！

这就是小转子发病时的情形。原来，那种隐秘的疾病，就是梦游症。后来我听老康讲，每次发作，小转子都要找人搏斗，把她唤醒是残忍的，她一醒来就会感到难以忍受地头痛，痛到要去撞墙的地步。

老康有一套对付她的经验：

"她的眼睛虽然睁着，其实跟闭着一样，就是个睁眼瞎。你只要一直陪她玩，就他妈跟捉迷藏似的，直到把她玩累了，她就会真的睡过去了。"

我不能确信老康的话，小转子笔直地朝我走来的样子，无论如何也不像一个睁眼瞎。也许，在她身体里有着另外一套掌握方向的系统？这太玄奥了，也令人害怕。然而令我感到更加玄奥的是，那天夜里我们长久地凝望之时，小转子为什么没有动手像捻一只蜘蛛似的捻我？如果真的有另一套系统指导着她的方向，那么黑暗便绝非她的障碍。

那天我从酒店逃出来，一个人在街上漫无边际地走了好久。这些天发生的事情没有给我什么刺激，反而令我麻木。我不想思考，无力归纳和判断，仿佛世界上有些东西你根本控制不了并且永远无法厘清，于是只能怀着一种快快的情绪，度日如年。

第二天一早我赶到了酒店，无论如何，我都要送送他们。他们是九点钟的机票，我到酒店时他们已经整装待发了。小转子的状态完全正常，她已经化好了妆，戴好了那枚徽章面具。老康看起来也算精神焕发，只是下巴上贴了块创可贴。那身西装已经拆掉了袖口的商标，小转子将它装好，亲热地塞到我手里。对于昨天的事情，大家都保持沉默，一切好像从未发生过。时间紧迫，匆匆告别后，他们就钻进了奔赴机场的出租车。小转子从车里探出头冲我喊：

"再见，哥！"

我心头陡然一热，也冲着她叫：

"下次你们天热的时候来，看草原，我们看草原啊！"

我的话音未落，出租车已经开出十多米了。

三

孤独的时候，我在学校的图书馆里查阅梦游症的资料。

我遇到了一个陌生的医学名词——唤醒疾患，它包括梦游、夜惊及意识不清的唤醒。这种病又是另一种名叫"睡眠暴力"的疾患的分支。"睡眠暴力"的病例有：一名患者在梦中遭到蛇的攻击，结果被自己用床单勒死，另一名患者在梦中为抵抗入侵者，用拳猛击床柱而将手臂折断，总之，伤的不是自己，便是枕边人。循着"睡眠暴力"再向上追溯，我又遇到了"抑郁症"，有证据表明，这两种疾病存在着某种隐秘的关联……

　　我发现，自己窥探着的，是人类肉体那庞大而又盘根错节的黑暗体系，想要梳理出线索，绝对是痴心妄想，因为那些无以穷尽的脉络，只被上帝的手数点着。于是，我只能把焦点对准"梦游症"本身，起码，这个靶心是我那有限的目力所能瞄准的。处于一种难以说明的热情，我把相关的知识整理成一枚枚的卡片，如同做着此生最具价值的一门学问：

　　【梦游】（Sleep walking），又叫作睡行，在 4 岁以后的小孩中常见，特征是在前三分之一的晚上，孩童从睡觉中坐起来，睁开眼睛，漫无目的地走来走去，但步伐缓慢且能避开障碍物，有时手上还把玩一些器具，如厨房的餐具或浴室的水瓢等。他们衣衫不整且喃喃自语。如果试图叫醒他们，他们可能会变得意识混乱并有躁动的现象。

　　这类疾病乃是患者从深度睡眠期觉醒，但却无法完全清醒过来，而表现出一些奇怪的动作或行为。隔天醒来，对发生的事件一点都不记得。

孩童的唤醒疾病通常没有精神或心理上的问题；然而成人却常见到有精神或心理上的诊断，但即使你治疗他的精神心理疾病，唤醒疾患并不会改善。孩童的唤醒疾患通常没有梦的记忆，如果有，也只是浮光掠影，没有一个完整的故事，但成人却常见有活生生的梦。

多项睡眠生理脑波仪通常显示病患从深度睡眠期醒来，醒来后的脑波依然可处在深度睡眠期，或变成浅度睡眠期，甚至处在清醒的状态。通常患者可以没有困难地回到床上，很快继续入睡，醒来对发生的事毫无记忆。

梦游并无男女的差异，但却常见有家族史。据统计，在所有的人口中，约有15%的人在他们的孩童时期，有过至少一次梦游的经验，发生的尖峰期在4至8岁，15岁后会慢慢地消失，只剩下约0.5%的成年人会有偶发性的梦游发生。而诱发因子包括睡眠不足、发烧、过度疲倦、使用安眠药和一些抗精神病的药物。

当孩童发生梦游时，应该引导他回到床上睡觉，不要试图叫醒他，隔天也不要告诉或责备病童，如此会造成孩童有挫折感及焦虑感。如果发作次数实在频繁，就应该求助医师给予药物的帮忙。

成人的梦游大多源自孩童时未完全缓解的梦游，当然成人的梦游亦可发生于以前毫无梦游病史的成人，他们大多有精神心理方面的问题，因此成人梦游除了药物控制外，精神治疗也扮演着一个相当重要的角色。

梦游症又称睡行症，是指一种在睡眠过程中尚未清醒而起身在室内或户外行走，或做一些简单活动的睡眠和清醒的混合状态。这类患者一般表现为反复发作的睡眠中起身行走，持续时间为数分钟至半小时。发作时，梦游者在睡眠中突然眼睛凝视起来，但不看东西，然后在意识朦胧不清的状态下进行某种活动。行走时，周围即使漆黑一片，患者一般也不会碰到什么东西，而且还行走自如。据了解，梦游者眼睛是半开或全睁着的，走路姿势与平时一样，甚至他们还能进行一些复杂的活动。

梦游是一种奇异的意识状态，患者似乎只活在自己的世界中而与他人失去了联系。他们的情绪有时会波动很大，甚至说一大堆胡话，别人很难听懂，严重时，偶见攻击性行为。梦游时患者表情呆板，对他人的刺激基本上不作反应，也很难被强行唤醒。患者虽意识不清，但动作似乎有目的性，仿佛在从事一项很有意义的工作。发作后多能自动继续睡觉。

事实上，梦游与做梦无关，因为根据脑波图的记录，梦游是在沉睡的阶段并非快速眼动睡眠阶段，此阶段人是不会做梦的，因此梦游称为睡中行走可能更符合事实。关于梦游的原因，众说纷纭，至今仍无法确知。

......

这样做的结果是，我常常会在夜晚，在万籁俱寂的时候，如此幻想——此刻，正有大批的男人和女人，正有大批的孩子与成人，他们以人类 15％ 这样的一个规模，行走在自己意识的蒙昧处，仿佛行走在世界的边缘，他们走在黑暗里，熙熙攘攘，沉静而又疯狂，恬适而又悲伤。

四

此后我再没见到过小转子。

老康倒是又见过一面，三年后他来兰城谈什么生意，完全是顺道看了看我。老康带着个长发雪颈、杏眼黛眉的姑娘，令我吃惊的是，这个姑娘居然是个聋哑人。我们见面时她除了向我微笑，始终一言不发，直到她用那双水草一样灵活的手给老康比画起来，我才看出了端倪。

"这不是挺好嘛，一点也不烦人，多安静啊！"老康看出了我的诧异，皮笑肉不笑地说。

那时我们坐在酒店的咖啡厅里，老康完全发福的庞大身躯，像一堆没有骨头的肉瘫在沙发里，已经开始脱发的头顶鼓起一道粗隆，这让他的面目平添了一份凶恶。几年没见，发生了改变的，不仅仅是老康的体貌——他不再是一个喋喋不休的家伙了，甚至有些沉默寡言的意思，整个人都恹恹的。

"烦，妈的真烦，知道不，我现在尽量做到每天说话不超过一百句。"

老康用自己熊掌一般的手向身边的姑娘简单地比画了几下，姑娘就安静地离开我们回房间去了。

我不由得要问老康："小转子呢，还好吧？"

老康哼一声说："还那样。"

"她的病呢，没法治？"

"治什么治，妈的她就没病，装的，都他妈是装的。"

"怎么会？"这太出乎我意料了。

"我算是看透她的把戏了，当年她就是觉得考大学没戏才装出这么个病糊弄人，装神玩鬼的，倒弄成本钱了。你说哥们，人这东西怎么就这么险恶呢？"老康激动起来。

"你什么意思，这么说有依据没？"

我不能相信老康的话，那梦境般的一幕在我心里依然清晰，我无法相信小转子赤身裸体地出现在我身边，不是出自一种叵测的病因。或者，那真的只是我的一个梦？

"依据？我对她什么不了解！她就是要用那一套来迫害我，知道不，迫害我！她糊弄得过去她爹妈，糊弄得过去医生，糊弄得过去我吗？"

我不知道说什么。我只是有些反感老康说话的口气。

"妈的她以为我能一辈子陪她玩捉迷藏呢。"

老康愤愤地捶了一下自己的腿，浑身的肉都随之震颤了一下。

我听不下去了，突然打断他：

"老康，今天你说多少句话了？"

老康愣一下，随即说：

"可不，妈的又说超了。"

老康此行来去匆匆，我们只见了一面，我已经结婚的消息也没能引起他的兴趣，他连我娶的是谁都没多问一句。看来老康这么一个人的确发生了一些质的变化。他走后的第二天，商场的送货员给我搬来了一座巨大的落地钟，这是老康送给我的新婚礼物。这座钟比我还高半头，黄铜的钟摆比我的脸都大，发出的摆动声在夜深人静时足以令神经衰弱者从梦中惊醒，而且，每到整点报时的一刻，它都会响亮地奏出一段旋律，那旋律如果配上歌词，居然是那句"和那美丽金边的衣裳"。这一切都与我的新居不甚协调，它们只能使我的居所显得更加逼仄。我当然会想到当年的那把大折扇，看来我和老康在审美上还是有一致的地方，那就是——贪大。钟里塞着张发票，表明它价值三万多元，从这样的做派看，老康的生意显然是蒸蒸日上的。

其后我们通过几次话。那时候手机已经不稀奇了，不知道是什么原因，当我有了部手机时，居然是打给老康家的。接电话的正是小转子。听到她在电话那头叫出一声"哥"，我百感交集。其实这种伤感正是我计划内的，否则我会把电话直接打给老康，而不是打到他们家去——我估计那会儿老康十有八九不会待在家里。但小转子的声音并不是我预想的那样，根本听不出我以为会有的那种消极。她依旧咋咋呼呼地说，你可想死我了！我说想了就来呗，哥也想你。这时候我已经习惯了虚与委蛇的说话方式。她哗啦哗啦地边笑边说，那我可真来了，你说过让我们天热的时候去看草原呢。

和老康的通话却是另一番状况。他有了我的号码后，基本上都是喝醉的时候打过来：

"我说哥，别在家待着，来我这儿喝酒，我给你弄俩俄罗斯妞……"

"再有五分钟就到你们家楼下了，快点儿下楼，你那儿不能停车……"

"知道不，我在家装了摄像头，你猜怎么着？我不在的时候她从来就没犯过病，倒是对着镜子练过梦游……"

"离不了，妈的她那病要离就得分一大半给她，你说这帮法官怎么就不信我呢？她狠着呢，竟然还想跟我弄出个孩子，知道不，她把套都扎了眼儿啊！"

"喔，打错了，对不起。哎，你谁呀？妈个逼的……"

……

诸如此类，我没法不当成胡言乱语。

我知道一切都变了。或者一切本来就是如此，只是我们曾经低估了它的复杂，不了解它的各种表现方式。

五

如今我已经干上了记者这个行当。半年前的夏天，我受命前往一个名叫"瘦岗村"的地方调查新闻事件。这个村庄几年来如同受到了邪恶的诅咒，许多村民患上了怪病，轻者表现为肌体无力，手足协调失常，乃至步行困难、运动及言语障碍，重者则神经错乱，甚至死亡。尤为可怕的是，天生弱智的幼儿也随之诞生。前不久，专家才锁定了那个诅咒瘦岗村的源头——兰城石化公司的一家双苯厂，就建在瘦岗村的东面，当年破土动工的时候，一度还是瘦岗人为之骄傲的事情。专家们给出了一个瘦岗人闻所未闻的疾病名称：水俣病。瘦岗人做梦也想不到，自己罹患的这种怪病，居然是因为日本一个叫水俣镇的地方而得名。 50多年前，在日本的水俣镇，出现了一些口齿不清、面部发呆、手脚发抖、精神失常的病人，这些病人久治不愈，最终会全身弯曲，悲惨死去。水俣镇有4万居民，几年中先后有1万人不同程度患有此种病症，其后附近其他地方也发现此类症状，经过数年调查研究，最终证实，这是由于当地居民长期食用含有汞的海产品所致。

兰城的主要媒体行动起来，记者们展开联合调查。经过几个小时的颠簸，车队驶过很长的一段土路后，到达了目的地。那是一座墙头布满玻璃碴和尖锐铁棘的建筑，里面收治着瘦岗村的部分患病村民。这座建筑最初只是由村民们自发建立起来的，是一种互助性的民间行为，直到前些日子，才被有组织地接管。

几个身穿白大褂的农村妇女迎出来，恭敬地向领路的当地干部打招呼。她们的表情让我觉得，我们似乎并不怎么受欢迎。

院子居然很大，一栋三层高的小楼横在里面，前面是空旷的篮球场，但一个人影也没有，只有几乎是看得见的风在水泥场地上打着旋儿。倒是墙角的煤堆旁有一条拴着的土狗，对着众人狂吠不止，一个穿白大褂的妇女一路小跑地奔过去用脚踢它。

上到楼上后，我见到了此生可以见到的一切残缺者和病痛者。他们勾着头，听话地坐在光秃秃的木板床上。每间屋子都挂着一台没有声音却开着的电视，而且整齐划一地都固定在某个音乐频道，电视上的人在无声地歌唱着。观众神情纯洁，有一种并不令人憎恶，反而甚至是感人的温柔，其中有一位妇女，袒露胸怀，专注地奶着怀里的婴儿。当地干部率领着一干人马，透过一扇扇铁窗户向里张望，不时回头询问一些情况：怎么样，伙食好吗，有没有新进来的，家属们还满意吧，有什么困难，诸如此类。那些穿白大褂的妇女七嘴八舌地回答，归纳起来，无外乎一切都好，就是缺钱，领导要多支持。

我不想跟着看下去了，走到楼道的尽头，趴在栏杆上向外眺望。这座建筑里有股特殊的气味，让我觉得自己的双唇有种腐烂的滋味。我偏执地认为，这就是汞的味道。

夏天的田野近在咫尺。远在天边的，是一只长久浮于空中的鹞子，它那么远，也许在空气中感觉不到我呼吸时抛出的虚空。四下里一片静谧，我觉得自己悬在时间之外了。我们的车队停在院子外面，司机们在车下聚成堆抽烟。他们都是各个媒体的司机，已经习惯了这样的采访，此刻议论着的，大概是午宴将会是怎样的一个规模。在这样的一个时刻，世界这个庞然大物变得格外安详，成了一个没有差别的世界，在这样的一个时刻，你是个记者，就不过是个记者，你是个水俣病患者，就不过是个水俣病患者。

回到兰城，我把自己关在家里写稿子。我的状态很不好，我发现，我的情绪没有丝毫的激愤，反而，在目睹了那些瘦岗村的病患者后，我却有种巨大的倦怠之感，仿佛一切都是非现实的，它们离我的距离，就像日本水俣镇之于瘦岗村一样的遥迢万里。

我坐在电脑前发呆，对于"水俣病"毫无感觉，几年记者做下来，我已经被迫学习了太多五花八门的疾病名称，我再也没有了当年钻研"梦游症"时的热情。我坐了几个小时，电脑上也只是敲下了这样一个标题：

遥远的瘦岗村

房间里有种令人沉痛的声音，一下一下，有规律地锤打着时光——它来自老康送我的那座大钟。钟摆发出的声音像一记记重拳。小转子的电话就是这时候打来的。

"哥，"她一开口我就知道是谁了，"我现在正往兰城来，大概再有半小时就进城了，快下高速了。"

"什么意思？"

我的脑子里依旧是钟摆发出的空洞之声，基本上没听明白。

"天热的时候来看草原啊，你说的，我这可不就来了。"

"来了啊……老康呢，你让他听电话。"

"他来不了，就我一人开车来的，真够远的啊，开三天了。"

一瞬间我又感觉沉入某个梦境了，仿佛眼前的事物正在缓慢地向深处隐退。

"你直接来高速收费站接我吧，兰城路我不熟。"

我立即换上鞋向楼下跑去，甚至都忘了关掉电脑。

半小时后，我在高速收费站等到了驾着一辆三菱越野车而来的小转子。她并不显得风尘仆仆，白色的紧身夹克一尘不染，头上那顶棒球帽也戴得端端正正。我上了她的车，坐在副驾驶的位置上。

"老康呢，怎么不一起来？"

我去打量小转子的脸。和多年前相比，她是显得成熟多了，也许，是她鼻梁上的那副黑边眼镜给了我这种感觉。但是，我的确看到了她眼角细碎的皱纹。

"他来不了啦，我把他干掉了。"小转子一本正经地说，一边用手拍一下方向盘。

我当然把这视为一句玩笑话。我觉得和小转子之间有种可贵的熟稔，这种感觉我对老康竟然都没有。也许，这一切都与那些记忆的残片有关。

"要不要给老康打个电话，告诉他我们顺利接上头了？"

"我不是说了吗，我已经把他干掉了。"小转子打了个响指。

我笑起来，摸出支烟点上。小转子也要了一支，叼在嘴角并不点火。

"怎么走？哪条路是往草原去的？"在一个路口小转子问我。

"直接去？不在城里休息一天？"

我有些惊讶。但我觉得，这个惊讶还在我可以想象的范围之内，似乎我多少已经料到了，小转子就是会这样马不停蹄地直奔草原而去。

"休息啥！要休息我就在东北休息了。"小转子侧头看我一眼，"怎么样，哥，陪我一起去不？"

"让我想想。"我有些犹豫。

"别想了！是你请我来的，还想什么！"小转子突然变得有些暴躁。

是我请她来的吗？似乎也可以这么说，当年我是这么邀请过他们：下次你们天热的时候来，看草原，我们看草原啊！这是一笔岁月遗留下的债务，如今需要偿还了。事实上，我的内心本身就是松动的，我从小转子身上感到的那种熟稔已经替我拿了主意。

"好，上右边的路。"我对她指明了方向。

做出这个决定，我突然有种大的松弛，是种溺水者浮出水面透了口气的感觉。我想顶多就三两天时间吧，就让自己透口气。我甚至决定不跟左玲莉说一声，就这么消失几天。

左铃莉就是左左，当年那个有口皆碑的美人，如今她是我的妻子。这些年以来，我们分别离了一次婚，她辗转来到兰城，结果就遇到了我。可能双方都已经被上一个伴侣弄出了某种不可救药的慵懒，我们的情感生活基本上乏善可陈。

越野车穿城而过，当鳞次栉比的高楼被寥廓的长空所取代时，我有些夸张地体会到了某种舍弃与诀别的情绪。小转子的话并不多，她基本上没跟我嘘寒问暖，不打听我的近况，也不罗列自己的境遇，只是聚精会神地开车，偶尔和我说说路边的风景。这正是我愿意的，我也不想喋喋不休地把生活描述一遍，那样不啻受二遍苦。

三个小时后，我们在一个小县城停下吃饭。小转子的胃口很好，那么大的一碗面条被她吃得精光。在她身边，我发现自己也有了食欲。我们本身是两个面色苍白的人，但这顿饭吃进去后，脸上都有了些血色。上车时小转子检查了一下后座，我跟在她身边，看到里面塞着一只硕大的皮包。

"猜猜，里面是什么？"小转子砰砰敲了两下皮包。

"猜不出。"我如实说。我想无外乎是些女人出门必备的东西。

她的脸上涌起兴奋的光，压低声音对我说：

"是钱，我把老康席卷一空啦！"

我仍然以为她是在开玩笑，但她说着已经拉开了皮包的拉链。我看到了什么？的确是钱，整整一大包。那么多的钱挤在一起，给人一种相当古怪的感觉，仿佛将要面对一次井喷。

"真的是钱啊。"我尽量保持冷静，"出门带这么多现金干什么，"我希望说得不痛不痒，"——这多危险。"

小转子呵呵一笑，关好后门上车去了。我跟着坐进车里，心情不由得往下一沉。我搞不清楚这是怎么了，小转子的到来，难道真的是一场事故？我打算发条短信给老康，确定一下究竟发生了什么事。小转子吹着口哨，我摸出手机摁着字母。

她突然头也不回地说了一句：

"别费劲了，我说过，老康已经被我干掉了。"

我居然被吓了一跳，掩饰道：

"不是发给老康。"

"怎么，你不相信我？"她似乎没听我的，继续用责问的口气训我。

"当然不，我当然相信你。"

"那就答应我，别捣鼓你的破手机了。"

我只能把手机装进兜里。我决定什么也不想了，让自己彻底放松，既然是为了透口气，那就让这口气透得狠些吧。把此刻的旅途想象成一场亡命天涯的潜逃，不是也很刺激吗？这么一想，我竟然高兴起来。让老康见鬼去吧，权当他现在已经真的一命呜呼了。

"说说吧，你怎么干掉老康的？"

"捻呗，像捻只蜘蛛似的，嘎巴一下。"

我不由得笑了。记忆中的残片浮现出来：小转子手握小剪刀，一步步逼近老康这只肥硕的大蜘蛛。

如果小转子是一个货真价实的梦游症患者，我想这次她是在实现着最有规模的一次梦游，长途奔袭，从东北跑到了兰城这么一个西北的边疆之地。这个念头让我也跟着产生了某种美妙的梦幻感。可是这么说，会有人信吗？有谁可以在做梦的状态下开着一辆越野车翻山越岭？我偷偷观察小转子，此刻她一手握着方向盘，一手和着自己口哨的节拍轻扣大腿。不是吗？一切正常，起码在我看来，丝毫没有做梦的迹象。老康说她的病是装出来的，对此我没意见，我相信每个人自有他的逻辑，而世界最大的逻辑就在于——它根本没有逻辑，即使有，那也一定只掌控在上帝的手里。

已经是正午了，车外的风景有了高原的风貌。黄土堆渐渐被石头替代，空气中有了青草的味道；一些藏式的木楼出现在路边，渐渐地，大片的草地涌入视野，马、牧人、牛、羊，这些符号化的景致开始布满眼中。

前方的路被一群牦牛挡住了。越野车缓慢地从它们中间驶过。当路面刚刚开阔起来时，小转子兴奋地捶了一声喇叭。不料这一声激怒了一头巨大的藏獒，它在越野车刚刚提速的一刻悍然扑了上来。它的位置在我这面，我能够看到它面无表情的那张大脸凌空而来，湿漉漉的大嘴甩出泡沫一般的唾液。尽管隔着车窗玻璃，我仍然惊叫着一头扎在怀里。我身边的车门发出一声闷响，同时整个车身似乎都要横着飞出去了。这一幕只是发生于一瞬间，当我回头看时，我们的车子已经冲出了几十米，那头藏獒依旧在舍生忘死地追逐我们，但是显然，这家伙被撞晕了，它跑着跑着就像个醉汉似的原地打起转来了。我被吓出了一身冷汗。小转子却面不改色，她只是突然发出几声尖叫，但这种尖叫迟缓了半步，是一种享受式的回味，并不表示她受到了惊吓。

我们找合适的地方停下，检查车子的状况。右侧的车门竟然被撞出了一块深深的凹痕。那头藏獒的力量太惊人了，幸好它的头没撞上车窗，否则一定会撞碎玻璃，直接将我咬住。我暗自吸着凉气，那头藏獒奋不顾身的勇猛让我感到了莫大的虚无。

小转子啧啧地说：

"太有个性了，世上哪个男人能这样！"

我哑口无言，觉得她说得一点不错，将男人放在性别的铁砧上捶拷，只能让我在那块凹痕前自惭形秽。回到车里我突然感到了睡意，一种久违了的纯粹生理意义上的昏聩席卷而来，这令我心醉神迷。自从做记者以来，我就长期被失眠困扰着，现在终于重温嗜睡的滋味，简直是种享受。我在小转子的口哨声中睡去，最后一点印象是她那从侧面看去有些像某种动物一样噘起的嘴唇。

黄昏的时候我们来到了小镇拉鲁。我去找了一个自己在中专任教时教过的学生。他叫张正，年龄比我小不了多少，那时候我们经常在一起喝酒，关系一直不错。张正在镇上的税务所工作，好像还是个所长，见到我们他高兴坏了。对于我身边的小转子，张正令人满意地克制住了好奇，他见过左玲莉，能够做到这点实属不易。招呼我们吃过饭后，张正把我们带到了他家里。他妻子恰好在兰城学习，他让我们就住在他家，自己去镇政府住。

"还是住我这儿吧，镇上的旅馆你们没法住，太脏。"

说完张正就告辞了。他这么做，好像很善解人意的样子，似乎是想尽量留出时间给我们。我没有对他多做解释，那样显得很多余。张正的家不大，一室一厅，而且说实话，有种我不太适应的气味。其实这种气味在藏区就是空气的味道，只是人进到室内后，感到格外浓酣了些。

小转子终于也露出了倦态，我想起码她的嘴一定累得够呛，一路上她几乎就没有停止过她的口哨。分别洗漱后，我们就各自睡下了。小转子睡在卧室的床上，我睡在客厅一张陈旧的沙发里。出门时我除了一身衣服，基本上就是光着身子的，什么准备也没有，所以刚才只能用手指塞在嘴里权当牙刷鼓弄了一番，躺下后唯一的念头就是，明早第一件事就是去买把大号的牙刷。

这时候天已经完全黑了，藏区的夏夜居然有些冷。我裹着一张气味扑鼻的毯子想着牙刷的事，突然听到小转子在里屋叫了我一声，哥。我应了一声。她问我，睡着没？我说没有。她说，那说说话吧。这好像提醒了我，我一边应着，一边摸出手机打算给老康发条短信。但是我刚刚把手机举在眼前，就听到小转子不满的声音：

"你答应我了，不捣鼓你的破手机。"

这让我大吃一惊。要知道，我们一里一外，她根本看不到我。她这种神奇的能力让我有些不知所措，大脑像短路了一样。

我支吾着说："我跟家里联系一下。"

这么说着我才意识到，左玲莉一直没给我打电话。尽管我们的情感生活基本上乏善可陈，但我这样不翼而飞她总该是要关心一下吧？我打算给家里拨个电话，没想到刚刚接通，手机就喑哑地关闭了。它没电了。我在黑暗中愣住，似乎感到一丝宿命的意味。不过这样也好，就彻底让自己和世界隔绝吧。这么一想，我立刻轻松了，好像一只风筝，掐断了系在身上的线。

我们隔着一堵墙开始聊天。夜色漆黑，有种油脂般的光泽。我感到了一种极大的宁静，觉得自己可以很坦率地和小转子谈论一些问题，比如她的疾病，她和老康之间的关系。

"能说说你的病吗，好些了没？"

"你觉得我有病没？"

"老康说你发作的时候就是个睁眼瞎。"

"我可心明眼亮着呢。"

"你们究竟怎么了，老康对你不好？"

"别提他了，我已经把他干掉了。"

她又绕回去了，让人猜不出究竟是在开玩笑还是在敷衍。

"我们那疙瘩发现铁矿了。"她话题一转。

我觉得她是在自言自语，或者，她已经是在梦呓？

"老康想开矿场。"

"噢，那不错。"

"但是他开不成啦！"她哧哧笑了一声，"我弄走了他准备用来行贿的那包钱。"

"噢。"我怔忪地应着。

"开什么矿厂？造孽的玩意儿，"她叨咕着，"已经够黑啦，老康已经够黑啦，这个世道已经够黑啦……"

我无言以对，只是感到，这个夜晚，更黑了。

"说说你吧，"她说"干吗不要个孩子，你们不喜欢孩子吗？"

"也不是不喜欢吧……"我一时语塞。

"那为啥？"

不知道，我真的不知道。生活中那些让我们跌倒的事情，归纳起来就是这么困难，它们使自己成为不可逆转的事实，就像上帝用一个又一个的黑暗日子来熬炼着我们的肺腑心肠，不由分说地让我们四脚朝天。

那种久违的睡意再次包裹了我，我已经不知道自己是怎么回答小转子的了，困倦像扇铁门一样压了过来，我就势睡了过去。

六

"和那美丽金边的衣裳！"

我在小转子的歌声中醒来。

拉鲁是典型的藏族小镇，清晨我们穿街而过，已经有虔诚的藏人在转动沿街漫长的转经筒。他们在盛夏季节依然穿着厚重的皮袍，然而高原的气温也在配合着他们，根本没有一丝酷热，甚至略有寒意。一切都那么相得益彰。反而是我和这里的温度不相适宜，我只穿着一件圆领衫，只好找出张正的一件制服套上。

我们驱车进入了草原。远处的云垂挂在天边，给人以某种狂妄的冲动，似乎加大马力，就可以冲进它的怀抱，和天上的事物融为一体；而草原却辽阔到矗立起来的地步，它仿佛正在向着天边缓缓站起，成为一道无边无际的绿色幕墙；间或又有大片的油菜花将草原拦腰斩断，它们像锦缎一般华丽，金灿灿地犹如一条奢侈的腰带。

小转子依然吹着口哨，《村路带我回家》《昔日重来》什么的，其间偷袭式地来一句"和那美丽金边的衣裳"！我对一切满意极了，对一切都不再抱有怨艾，没有意见，我对这个世界没有意见，草原的气息多么美好，即使有着我暂时无法适应的浓酣，但绝对好过汞的气息，这还用说吗？

我们事先在小镇上买了食品，午餐是躺在草地上吃的。不远处的牦牛在咀嚼青草，我们在咀嚼酥油味很重的烧饼。高原的阳光太强烈了，我感到自己的皮肤火辣辣地痛，看看小转子，她那化了浓妆的脸也蒙上了一层紫色，颇像我印象中某个加勒比地区岛国的国徽。草地上随处可见牧民撒落的"风马"，一枚枚纸片上印着插翅飞翔的白马，在牧民们的信仰里，它们可以搭载着灵魂升上天国。我异想天开地联想到了小转子车里的那包钱，想象着将它们抛撒后，是否也会对灵魂产生一些效益。

我们在晚霞中回到拉鲁镇。张正在一家小饭馆准备好了丰盛的晚饭，整块的羊肉，土豆泥，大盘的炒面条，没有经过发酵的饼。我不知不觉习惯了那种浓酣的气味，吃得格外香甜。我觉得自己似乎在经历着某种康复，从睡眠到食欲，都在向着一个光明面好转。甚至，我的心里发出了这样的咏叹：

这里是七月的草原

这里是拉鲁镇

这里不是水俣镇

这里不是瘦岗村

晚饭后张正带我们去镇上的小广场玩。那里已经聚集了一群年轻人，围着圈跳锅庄舞。但是显然，对于这种需要置身于队列中的娱乐，我依然不能投入。我以为小转子会喜欢，没想到她却表现出很紧张的样子，在人群里紧紧地抓住我，眼睑四周泛着一圈不易觉察的阴影。当篝火点燃的时候，她突然像受到了某种惊吓一般，紧紧地偎进我怀里。我决定带她回去休息，我想也许她是累了。

回去的路上小转子一直靠在我肩上，她说：

"哥，别让我睡着。"

我意识到些什么，用力握着她的手。我使的劲够大的了，可能都会弄疼她。我是真的害怕她睡过去。

可是她依然进入了自己的梦境。我们上楼时，她就开始气咻咻地诅咒起那只蜘蛛。我明白将要发生什么，但依然鼓足勇气引导她走向房间。我总不能任由她在漆黑的楼道里发作吧。我搀扶着她，配合着她的胡言乱语。

她说："真恶心！"

"真恶心！"我小心谨慎地随声附和，生怕惊着了她。

我能够感觉到她正在发生着的变化——身体渐渐变得生硬，仿佛酝酿着一场风暴。我的心悬在嗓子眼，几乎是用了所有的毅力才克制住自己没有拔腿而逃。

一进房间，她就向我扑来，我早有准备，一下子蹿出老远去。她目光空洞地向我逼近。我绕到张正的写字台后面，她走过来时，我以为会撞在写字台上，不料她居然像个正常人似的也绕行过来。这哪里是个睁眼瞎呢？我不禁怀疑起她是否真的处于梦游的状态。但是很快我就不这样想了。她无声地追逐着我，脸上的表情从气势汹汹渐渐归于安详，仿佛黎明前的天光，从黑暗一点一滴地转向明亮。她的脚步也迟钝了下来。我和她在房间里兜着圈子，内心突然被一种巨大的悲伤所笼罩，宛如走进了一个人的梦里，于是额外负担了另一个人的疼痛。这真的是不堪承受。我不再感到恐惧，一度甚至想停下来，迎着她，将她搂在怀里，即使她对我做出凶恶的举动。可我害怕将她惊醒。

终于，她像我期待的那样，当再一次移到床的位置时，水到渠成地睡在了上面。

我关掉了房间里的灯。刚才我之所以没这么做，是担心她会在黑暗里撞坏自己，尽管黑暗看起来并不可能成为她的障碍。

　　月光照进房间，照在她无知无觉的脸上。她没有洗脸，因此那枚徽章依然罩着她，颜色斑斑驳驳。但是我分明看到那些麦穗、齿轮之类的东西在纷纷掉落，露出了她那张原本多少有些桀骜不驯而又惘然若失的脸。这张脸在高原阳光和身体疾病的内外夹攻之下，比当年我初见之时更加生动，也更加令人沉痛。

　　第二天我们出发时，看不出小转子有任何不妥，她似乎对昨晚的一切浑然不知。我想，她的记忆中一定有着一段一段的空白，就像清理电脑碎片时那一节一节不可修复的间隔。

　　中午我们驱车找到了张正所说的那片海子。它隐藏在草地深处，远远看去仿佛倒挂的天空，但比天空更明亮，宛如天国跌落在尘世的镜子，泛着一层细碎的光。我们在一片山坡上躺下，任由强烈的阳光炙烤着我们。天地间毫无遮盖，一切都是暴露着的。天空没有乌云。大地没有阴影。我枕着自己的胳膊，看着小转子以一个中年女人罕见的敏捷在草地上打起了倒立。她将自己颠倒了过来，头发笔直地垂向地面，眼镜跌落在一边，就这么一动不动地坚持着，犹如被一枚隐形的钉子倒挂在空中。

世界仿佛凝固了，水面上漂浮的野鸟，倒立的女人，远处的雪山，经幡，甚至煨桑升起的青烟和遍布一面山坡的羊群，全部纹丝不动。一切如此漫长，一切似乎永无止境。在这种超现实主义绘画般的风景中，我不知不觉地酣睡过去了，如同昏死一般。

当我睁开眼睛时，小转子和我近在咫尺。她半跪在我身边，目光凝望着远方出神。我伸出手，搭在她的腿面上。她像在梦中被人惊醒似的猛然抖动了一下。继而，她以一种恍然大悟般的神态开始脱衣服。她首先脱下了套头衫，露出小坑般的肚脐，接着她脱下了牛仔裤，露出略显细弱的大腿。但是，她却打不开自己胸罩的搭扣，双手绞在背后，徒劳地努力着。我只有去帮她，原来搭扣系错了，上下拧在一起。

我们与世界一同完全暴露了。她的身体与我记忆中的那个梦截然不同，已经有了无法转圜的丰腴，只是这种必然的变迁并不那么流畅，相对于丰满的乳房，她的腿却显得过于消瘦。这是一具病态的身体，绝对称不上完美，从腰臀以下，给人脆弱易损的感觉。而我呢，同样也是这种不协调的样子，虽称不上肥硕，却也已经遍体赘肉，只有两条腿保持着畸形的匀称。

我们在草地上干那件事。

我希望把这件事干好，但却没有，起码，它不符合约定俗成的那种"好"。这里面有爱，那是确凿无疑的，我怜惜身下的小转子，有种害怕将她弄坏般的谨小慎微；然而除了爱，这里面也有确凿无疑的悲苦与凄凉，毋宁说是一种抵抗，抵抗我们的不完美，抵抗被时光弄得支离破碎的一切。我甚至感觉不到一丝兴奋，好像履行着的，不过是一件上帝派下的活儿，只需怀着一份敬虔之心，专心致志地埋头苦干。小转子搔痒似的挠着我的胸口，渐渐游鱼般地摇摆起来。我们干了那么久，以至于我都觉得将一直这样干下去，干下去，最终成为画面中的风景。于是，我们顽强并且倔强地干着的这件事情，已经被风景赋予了别样的意义——我们是在为一切孤独申冤，我们用身体的公义判断，为困苦和伤痛辩屈。

那些天我们整日在草原上游荡，不知所终，忘乎所以。我偶尔也会想到老康，想到左玲莉，想到瘦岗村和水俣病，但仅仅限于"想到"，他们如同一些非常遥远的往事，就像前生一样，说和我有关就有关，说无关，也实在是无关。眼前的一切成了我生命中的一段盲区，从时光里抽出，悬置于蒙昧之处，就像小转子记忆中那些电脑碎片般的间隙性的空白。

在这个意义上，我们都是梦游者。

我已经搞不清确切的时间了，大约是七八天后吧，我们刚回到拉鲁镇，就被堵住了。一辆黑色别克停在路边，老康带着几个人站在车旁。

除了老康，我还看到了左玲莉。对于老康的出现，我有些惊讶，尽管我从未相信过老康真的已经被小转子"干掉"了，但此刻看到活蹦乱跳的他，依旧有些诡异。至于左玲莉，我倒觉得毫不意外，除了她，谁还能找到这儿来？只有她知道我和张正的关系，按图索骥而已。张正此刻也的确一脸无奈地站在左玲莉身边。左玲莉并不看我，她显得比所有的人都要尴尬，我知道，此刻她不看我，就是在否定和贬低着耻辱的存在，她以此来对这桩浮浪荒唐之事表达出自己的愤怒。她一定感到了羞愧，使她羞愧的，毋宁说是这个世界令人羞愧的本质。这种羞愧何其锋利啊，站在夕阳下的左玲莉因此显得多么的彷徨无助。我应该感到内疚吗？不管怎么说，左玲莉和我成了夫妻，我们这两个离异后才结合在一起的人，尽管情感生活乏善可陈，但上帝知道，千真万确，我们的内心是怀有某种"相濡以沫"般的情绪的。然而此刻，有什么好说的呢，假如生活背叛了你。

我和小转子无声地坐在车里。她的脸上毫无表情，有着一种莫大的静谧。她又开始哼唱《在那遥远的地方》和那美丽金边的衣裳！许久，她才挠挠自己的鬓角，把一缕头发撩上去，扶一下鼻梁上的眼镜。她对我说，我走了，哥。然后她就打开车门离我而去。我看到，暮色四合中，她几乎可以称得上是昂首挺胸地走向了那辆别克。她倨傲地打开车门，侧身钻进去，随着一声沉闷的关门声，消失在我眼前。她甚至没有回头看我一眼。

老康向我走来，坐进小转子刚刚离开的位置上。他好奇地盯着我看。老康也许不太能确定我是谁了——这个满脸泪水的家伙，由于许多天没剃胡子，由于高原强烈的阳光，而变得面目全非，并且，还穿着一件明显小一号的税务干部的制服。

"哥们，你没事吧？"他语带调侃地问我。

我枯坐着，对他的话充耳不闻。

"那婊子是从医院跑出来的！"老康加重了他的

语气。

"婊子？"

"婊子！"

"医院？"

"医院！精神病院！"

"你不是说她没病吗？"

"她病大发了！正经一个精神病！"

我抹了把脸，不打算再和他多话。

"靠，你还挺有谱。"老康笑起来，摸出支烟点上，抽了几口后，又给我递了支过来。

                    七

当我回到兰城的家里时，发现我的电脑依然开着，显示器上，依然只有那几个字：

遥远的瘦岗村

就像我刚刚离开了一会儿，去泡了杯茶，或者下楼买了包烟。

许多事我都想不起来了，我想不起来了。

这些天我经常头痛，最厉害的时候，眼球似乎都有种胀裂的感觉。这种疼痛降临得毫无规律，往往是即兴式的。每当这个时刻，我只好放弃正在进行的工作，用手指摁住突突乱跳的眼球，在疼痛的摆布下，自暴自弃。

刚刚我就这么经历了一番，此刻头部的血管兀自怦怦地跳着。

天色已经昏暗下来了，刚刚它还是明晃晃的，似乎是我的头痛直接导致了时间的更迭。灰色的光如同某种浮游的物质，在我的屋内制造出一种烟雾弥漫的效果，使得左玲莉搬走后形成的空旷之感愈加显著了。我知道，黑暗即将来临，我几乎可以看到它们，排着四列纵队，在进行曲中，一步一步地向我走来，直到走出一种强度。

我感到困倦，但我害怕自己睡去，于是只有带着疼痛的余悸翻看一堆没有拆封的邮件，书、刊物、直销广告册，其中算得上信件的只有一封。我拆开它，读到第一个字，耳边就响起了这样的一声呼唤：

"哥。"

哥：

我现在在医院里给你写这封信。医院里人满为患，因为，这里发现了铁矿。好在我们有钱，有钱就不愁得不到医治。

医生说，我目前的状况可以做些力所能及的事了，比如看看书，听听音乐，或者写写信什么的，所以，我还是选择就写一封信吧！

回来后，我做了手术，医生说我暂时不适合生育，我流了很多血，但是还好，并不怎么痛。

现在我每天都在医院的花园里跑步，做倒立，我希望自己能恢复得快一些。你知道，没有一个好的身体，我们谁也干不掉。

医生对我很满意，他们说，我是这所医院最懂得配合的人，只要我坚持下去，很快就会成为一个身心健康如初的人。他们鼓励我，说我有一个光明的前景。

就先写这些吧，医生不允许我超过一页纸。

另：我很想念那头藏獒。

祝你健康！

你的朋友

小转子

　　房间里全是那只钟摆发出的残酷之声，时光存在的意义仿佛就是用来这么一下一下地被它击碎。我没有勇气重新去读一遍这封信，更遑论去分析信里透露出的血淋淋的讯息。我只有迫使自己去想象那头藏獒。当那头藏獒闪电般地冲进我的脑子时，那种坚决的一往无前，那种目标明确的骁勇，终于撞碎了我体内那种恒久的昏聩与消极，尽管只有那么一瞬间，但我也猛然地感觉到了，在这个瞬间，我是一个焕然一新的、宛如初生之婴儿一般充满光明面的完好如初的人。